タイムス文芸叢書
008

Summer Vacation

儀保 佑輔

沖縄タイムス社

もくじ

第43回新沖縄文学賞受賞作

Summer vacation

彼女との出会いは、山道だった。街から遠く離れた、木々の枝や葉が車体を覆う狭い道だ。ひとりでドライブをしている最中、その道の真ん中で倒れている彼女を発見したのだ。木漏れ日を浴びた彼女は、土に汚れていた。肩までかからない程のショートヘアにはハイビスカスの髪飾りがついているが、その花も茶色く濡れている。淡いオレンジ色のワンピースも褐色の肌も、泥水でも被ったかのように土にまみれている。見たところ、おそらく十二、三歳の少女である。黒目の目立つくりっとした瞳にちいさな口は小動物を思わせる可愛らしさがあるが、なにせ全身が汚れているため、悲哀が漂っている。

「主人公」のシュートは車を道路の端に停めると、彼女の側へと近寄った。

「どうしたんだ。大丈夫か」

彼女は横になったまませき込むと「うん」とちいさく頷いた。

「そうは見えないけど。救急車呼ぼうか」

「ダメ……、それは絶対ダメ……」

小声ながら、強い意志を見せる。

「でも、かなり辛そうだぞ。立てるか」

「うん……」

と言ったきり、まったく起き上る気配もない。ちいさな胸が小刻みに上下し、荒くなった呼吸ばかりが伝わってくる。

こんな状態の女の子を放っておくわけにもいかない。迷っていても仕方ないと、シュートは彼女を手当てすることにした。ひとまず近くのドラッグストアにでも行って、体を拭くものや消毒液などで手当てをしよう。

彼女の体を抱えると、車の後部座席へと運んだ。横に寝かせる。彼女はなんの抵抗もしなかった。抗う気力や体力もないのか、あるいはこの状況を受け入れているのか。

このイベントが、少女「弋奈《よくな》」との恋愛エピソードが始まるフラグである。

テレビゲームのシナリオだ。


大学の夏休み期間、僕は埼玉の都心から外れた公立中学校でバイトをしていた。市が特別に設けた短期バイトで、学力向上計画の一環である。

いわゆる、夏休みの補習教室である。休み中も学業に励みたい生徒たちのために、朝九時から午後四時まで学校を開いているのだ。生徒たちは用意されたプリントを解いたり、宿題をしたりする。わからない個所があれば僕に聞きにくる、という形である。

午後をひとりで担当していた。やってくる生徒は多いときでも十二、三人程なので、どうにかなる。ちょっと辛いときもあるがまあ、どうにかなっている。

教室は校舎の最上階端っこにある英語ルームを使わせてもらっている。広いスペースに、木の長机や椅子を並べている。冷房も効いているし、日当たりも良いし、環境の良い職場である。窓外には運動場で野球やサッカーに励む中学生の姿が見られる。

ホワイトボードの真ん前の席に座りながら、問題を解く生徒たちの顔をざっと眺める。十日間を過ぎ、ようやくみなを覚えてきた。さあ学力を上げてやるぞと、自らここに足を運ぶ生徒は少ない。そういう子はまず、公立の学校が無造作に用意したプリント問題などに期待しないのだ。「それなら塾に行くよ」「自分で実力に沿った問題集を探してみるよ」ってなスタンスである。

生徒たちの会話からよく耳に入るのは「行けって言われた」というやつだ。親や教師に目をつけられ、促され、足を運ばされているのである。しかし、行けっていわれてその言葉に従うくらいだから、扱いにくいほど反抗的な生徒もいない。あまり、いない。

「お疲れ様っす」

と言って、中学三年の陽太という生徒が目の前に手をかざしてきた。鞄を肩に下げているので、帰るのだろう。かざした手はぱかっと広がっている。

ハイタッチを求められているのだ。

「おう、お疲れ」

彼の求めに応じて、僕は手を合わせた。少々舐められている気もするが、バイトでやってきた大学生との距離感なんて、こんなものだろう。むやみに避けられるよりはマシではないか、と思い込んでいる。やたらと厳しくして生徒たちの足が遠のくと、それはそれで困る。

二日に一度程の割合で来る陽太は、プリントを二枚終えると帰る。おそらく親か担任に課せられたノルマなのだろう。そして帰り際はいつも、扉付近にいる二年生の有果に声をかける。

長い髪をなびかせながらポケットに手を突っ込み、

「どう、順調？」

と訊く。見慣れた光景である。

顔を上げた有果はその場で笑顔をつくると、

「はい」

とにっこり笑い、頷く。

「いつもめっちゃ頑張ってるよな」

「いえ、そんなことないですよ」

「そんなことないやつが学年トップなんてなれないって。謙遜はもういいから。有果ちゃんマジ凄いと思う」

「はあ、どうも」

「じゃあ、また明日ね」

「はい」

「花火大会の日、ちゃんと開けといてよ」

「は、はい」

補習教室が始まって間もなく、陽太は有果へとしつこく声をかけた。「あ、二年D組の有果ちゃんだよね。前学年トップ取ってたでしょ」という第一声から察するに、それまで交流はなかったようだ。その後この教室に来るときは、帰り際には有果へと話しかけるようになった。あえて近くの席を取り、わからない問題を僕ではなく有果に聞くこともあった。そして「花火大会」という話題にもっていった彼は、プッシュプッシュの姿勢でいわゆる「デート」の約束まで取り付けたのだ。傍から見てる分には有果は完全に押され、押し込まれていた。とはいっても花火大会はまだ先の、夏休み終盤の話である。

陽太のような男は、僕が通っている大学にもいる。こういった人格は案外、中学からできあがっているものなのだろうか。

陽太が帰るのがいつも、およそ午後三時過ぎである。残りの補習は一時間だ。この段階で残ってる人数は数人で、いまのところ毎日残っているのは三人だ。

残っている内の一人は、陽太に押されていた二年の有果である。顔を覗かせた彼女の担任の話によると、午前から朝一でずっと毎日、勉強に励んでいるらしい。この教室では珍しいタイプの成績優秀な優等生である。その上、学校を出ると夜にはまた、週五で塾があるという。ちなみに正午過ぎには、鞄の奥から取り出した一本の栄養補助食品を口にする。彼女なりの昼食なのだろう。気になってしまい「それで満足できるの」と聞いたら「この味が好きなんです」と答えていた。つり上った猫目はその通りに賢く見えるが、話すたびに浮き上がる笑窪が印象を柔らかくする。男子に気にいられるのも、よくわかる。

有果を気にかけているのは陽太だけではない。残っている男子二人のうちの一人、宗人もだ。あえていえばこの宗人が、補習教室で一番やっかいな生徒である。

僕のバイト初日、正午過ぎ頃に教室にやってきた宗人は「誰ですか」とにやにやしながら聞いてきた。簡単に自己紹介をし「よろしくね」と言うと「へえ、そうなんですか。大学生ですか。頑張ったらいいんじゃないですか」とにやにやしながら言い放ち、後ろの席へとついた。気味の悪い子だな、というのが第一印象でその印象は未だ、一切拭えていない。

三年生の宗人はニキビ面で色白で、いつもにやにやしているためかふやけたような肌をしている。前髪が眼鏡の半分以上を覆っており、一部の生徒からは陰で「眼鏡殺し」というあだ名をつけられている。

いろいろな癖をもつが、特に目立つのが「消しかすを練り続ける」という行為である。席に座っている間ひたすら指先で消しゴムのカスを転がし続けているのだ。その見た目のためか、一部の生徒からは陰で「ＤＪ」というあだ名をつけられている。生徒たちのひそひそ話というのは、耳に響くものである。

一度、あまりにも同じ問題で書いては消しを繰り返してるため、彼の席まで行って解き方を教えようとしたことがある。連立方程式の問題に対し、明らかに間違った解き方をしていた。「ここはね、こうするんだよ」と教えようとしたら「は、別にいいですけど」とプリントを引っ込められた。

「いや、でも悩んでたでしょ」

「いえ、できますから」

「そうか」

「はい。邪魔しないでください」

「あのさ、難しかったらできるだけ教えるから、気軽に聞いてね」

「は、だからわかるって言ってますよね」

へへっと馬鹿にするように笑うと宗人は眼鏡越しの前髪越しに、冷やかに見つめてきた。「なにしゃしゃりでてんのこの大学生」とでも言いたげな表情だ。その後も問題に往生している様子の宗人に何度か教えようとトライしてみたものの、同じような対応が帰ってきた。そして宗人は、隣の席にいる茂樹に「なんなんだろうなあの人」と小声で嫌みを言う。茂樹とは、いつも宗人と一緒に来る生徒である。宗人の言葉に頷いたり適当な返事をしたりするばかりの、大人しそうな生徒だ。見た目も小柄で、うつむきがちで、気も弱そうである。宗人と仲がいいというより、宗人に連れ回されているようにも見える。

いつも唇を緩めニヤついている宗人はいまにも「この愚民どもめ」なんてセリフを放ちそうである。弱くて卑怯なアニメの悪役面だ。実際、自分もおしゃべりするくせに、他の生徒のおしゃべりにはやたら不快な顔を見せたりする。恋の話で盛り上がってるグループには「なにしにここ来てんだよ」なんて聞こえるように言い、得意の舌打ちをする。陽太もよくやられている。そうやって周りに壁を張っていて、そんな宗人を周りの人間もせせら笑っている。彼とその他とでバリアを張り合っているのだ。茂樹は宗人陣営に引っぱり込まれた存在だ。宗人はまた、有果も引き込もうとしている。

宗人は有果には心を許している。理由は単純だ。有果が、優しいのだ。教室にいれば聞くつもりがなくとも宗人を揶揄する多くの声が聞こえてくる。彼はあからさまに煙たがられているし、僕が宗人から冷たい対応をされた際には他の生徒が「宗人ってああいう奴だから」「まともに対処したってしょうがないよ」とフォローしてくれた。

そんな宗人に帰り際「今日も頑張ってましたね、宗人さん」なんて笑顔でひと声かけるのは、有果くらいしかいない。その日の補習教室が終わった開放感と多少の哀れみをもって、深い意味もなく有果は声をかけているのだろう。けれども連日声かけが続いたことで、かけられた側の宗人は意味を見出してしまったらしい。宗人はこちら側の陣営と判断したようで、昨日から茂樹を連れ、彼女のすぐ後ろの席へとつくようになった。

近くに位置するのは、陽太が帰ったあとである。

「陽太ってやつ、しつこいでしょ」「なんか、毎日必死だよな」という宗人の誘いに「うん、まあね。確かにちょっと……」と有果は返事をする。彼女の苦笑いに「やっぱりそうだよな」と宗人は満足そうにへらへら笑う。有果の苦そうな顔には、やたら距離を詰めてきた宗人に対する感情も入っている。と感じてしまうのは、僕の思い込みだろうか。


「実況動画あげたから、見てみて」

宗人がそう茂樹に言ったのが、人の少ない教室にて僕の耳にも微かに届いた。実況動画とは、主にテレビゲーム映像に対し、実況を加えた動画だ。つまり、プレイされているゲーム映像にプレイヤーが声を入れた映像である。ゲームの内容に対するプレイヤーのリアクションや解説など、入れられた声を含め視聴者は楽しむわけである。インターネットの動画投稿サイトで流行っている形態だ。Youtuberにも、実況動画を上げる者は多い。

「あ、本当につくったんだ」

と茂樹が驚きと呆れが混じったような反応を見せる。

「うん。学校来る前上げてきた。まだなんか、慣れないけど。サマバケのやつね」

中学生にも、インターネットに動画を投稿している子は少なくない。職員室で、この学校の先生からそう聞いていた。変な言動を発信していないか、はらはらしているらしい。投稿しているものの一人が、宗人というわけだ。慣れない、という言い方からするに、初めての投稿なのだろう。


バイトが終わり一人住まいのアパートの一室で、僕は宗人が実況動画を投稿したという話を思い出した。

夕食時だった。部屋の隅っこにあるパソコンの前に座り、コンビニの牛カルビ弁当をスタンバイし、ネットへと繋ぐ。教育学部に通いながら将来、教職に就こうか悩んでいた。

昔からとくに目標はなくて、けれど勉強だけはそれなりにできたため、大学には入学した。教員免許もっていれば損はないだろう、くらいの気持ちで教育学部を選んだ。さてしかし、授業を受けていても教育に対するやりがいや魅力はあまり感じない。むしろ大変そうだな、という思いばかりが積もる。このバイトは丁度いい機会である。中学生というのがどういう存在なのか、生徒や教員と関わることで掴めるものもあるだろう。宗人のような生徒だっているのだ。

宗人は「サマバケのやつ」と言っていた。ネットでサマバケについて調べてみると、そう呼ばれているテレビゲームがあることがわかった。正式なタイトルは「南へ～Summer Vacation」だ。女の子と仲を深めることを目的とするアニメ絵の恋愛ゲームである。要所要所の主人公の言動に関し選択肢が現れ、プレイヤーがどれを選択するかによって物語が分岐していくのだ。例えば主人公の腹が減った際に「1・かつ丼を食べる。　2・ラーメンを食べる」と選択肢が現れた場合、どちらを選ぶかによって物語の進行が変わっていくのだ。舞台は日本の南西に位置する島であり、明言はしないがあきらかに沖縄をイメージしている。仕事をクビになった二十代半ばの主人公は、遠縁のつてでひと夏の間、その島にある喫茶店を手伝うことになる。東京からやってきたその主人公が、様々な女の子と出会い愛を育んでいく、というコンセプトだ。調べてみるところのゲームは「奇ゲー」として知られていた。「奇ゲー」とは「奇妙なゲーム」の略である。良くも悪くも奇抜なストーリーや強い政治的メッセージなど、恋愛ゲームとしては変わった点が多々あるため、そう言われているらしい。

宗人が実況している動画は、すぐに見つかった。動画サイトにて「南へ～Summer Vacation」と入力し検索するといくつか実況動画が出てくるが、あまり多くはない。マニアックなゲームなのだ。近々に投稿された動画をクリックすると、宗人の声が入ったゲームのプレイ動画が現われた。本名ではなく「シュート」という名を使っていた。

宗人はふたつの動画サイトに投稿していた。僕が見たのは、視聴者のコメントが動画に流れるタイプのサイトだ。見ている側の応援や文句やアドバイス等の言葉が文字として、右から左へと画面に流れていく。

人気のイラストレーターを使ったゲームなので、一部には根強いファンもいるらしい。固定ファンのいるゲーム実況には、ある程度の視聴者数がつく。宗人もそれを考えこのゲームを選んだのだろう。加えて彼は、広告ポイントというものも利用していた。お金を払い、サイト内にて動画を宣伝するシステムであり、五千円も使っている。宗人の動画には初投稿にしては多い、三百を超える視聴数があった。

サマバケでは、主人公に名前をつけることができる。宗人は実況者名でもある「シュート」を主人公の名としても使っていた。島に来てようやく落ち着く時間をもてたシュートは、島の北へとレンタカーでひとりドライブに出かける選択をした。高栄、という高江をもじったような地域へ車を運ぶ。ここで出会うのが褐色の少女、弋奈《よくな》である。頭にはハイビスカスの飾りをつけていて、なんとまあ安直な南島らしさを演出している。道に倒れていた彼女を介抱することで、シュートと弋奈との恋愛エピソードが始まる。彼女が画面に現われると「ヒロイン登場」「ロリ枠」「褐色ロリ」といったコメントが流れた。褐色ロリとは、ロリコン向けの褐色の肌をしたキャラクター、といったところだろう。コメントによると弋奈の年齢は十二歳ということになっているので、確かにロリコン向けである。

「うひょお、これはロリコン歓喜ですねえ」

宗人はこんなことを言っている。初実況で身構えているのか、声が若干うわずっている。そんで籠ってもいる声だし、唾液のノイズがねちょねちょ入ったりもしている。ゲーム画面越しに聞いても気味の悪いしゃべり方である。本人を知っているから余計にそう感じてしまうのだろうか。

とも思ったが、他の視聴者からも彼の声は不評であった。「唾液キモい。マイク離せ」「鼻息多いな」「ぼそぼそ声乙」とコメントに揶揄されている。乙、とは「お疲れ様」の略である。揶揄するような、遮断するような意味合いがある。

主人公のシュートは、弋奈が体調を取り戻すまでドラッグストアの駐車場で寄り添った。復活した弋奈は、シュートにお礼がしたいと言いだす。ここまでが第一回の投稿動画の内容である。次回の投稿は二日後、と記されている。

見てられないな、というのが僕の感想である。でもまた、何の気なしに見てしまうかも。夕食時の暇つぶしに、今後も覗いてしまうかもしれない。大学生のそんな、ふわふわとしたひとり住まいである。

バイトが始まり二週間を過ぎた。

正午から午後一時までは、補習教室も昼食タイムとなっている。各々持参した弁当や近くのコンビニで買った物を食べたりする。勉強したい者は勉強を続ける。有果は栄養補助スティックをさくさくっと平らげる。

陽太は顔が広い。

同学年の「賑やかな」男女グループの輪に入り、おしゃべりしている。サッカー部やバレー部なんかの「恋バナ」で盛り上がるタイプの面々である。みなオシャレで垢ぬけていて、傍目にそのグループばかり華を感じる。陽太も当然、違和感なく溶け込んでいる。どうやら彼らは週末に、川辺でバーベキューを楽しんだらしい。会話の内容から、相当盛り上がったことがわかる。「マッシュルームって鉄板で焼くとウマいんだね。あれは感動した。陽太ホント、色んなこと知ってるよね」と感嘆を伝える女子に陽太は「でしょ。バーベキューは俺に任せてよ」と得意げだ。川で泳いだ話なんかもしていて、誰が誰の水着姿をエロイ目で見てたとかそんなからかいあいもあって、彼らは夏を満喫している。バイト通いとネット漁りしかしていない男子大学生とはえらい違いである。ぼそぼそとした気味悪い声の実況動画を見ながら、コンビニ弁当を食ったりしてるのだ。

「あれ、茂樹今日はひとりなの」

賑やかグループ内の会話がひと通り終わると、陽太は茂樹へと声をかけた。いつもと違い、隣に宗人がいない。茂樹は後方の席で縮こまったようにプリントに向き合っていたが、陽太の声に顔を上げた。

「あ、ああ。宗人は後から来るんだって。用事あるらしくて」

「用事。あいつに?」

陽太は訝しげである。用事くらい、誰にだってあるだろうに。宗人のことだから、動画の編集でもしてるのだろうか。

「ついでだから聞いておきたいんだけどさ」

と陽太は茂樹の元へ、腕を組みながら近づいた。

「茂樹さ、宗人のことどう思ってんの」

「えっ」

「なんかさ、茂樹って宗人といっしょにいても、あんま楽しそうに見えないじゃん」

「そうかな。そんなことないけど」

「ホントかなあ。正直な気持ち言ってみって」

陽太は茂樹の目を覗きこむように顔を近づけた。

「いや……」

茂樹は言葉に詰まっている。

「有果ちゃんはどう」

陽太は振り向くと、今度は歴史の資料を読みこむ有果へ声をかける。突然名前を呼ばれた有果は体をびくっと震わせた。

「は、はい」

と椅子を傾け陽太へと体を向ける。

「宗人のこと。知ってる? 毎日来てる、あのぶつぶつの、声がどもってるやつ」

「宗人さんは、知ってますよ」

「有名だもんな、ある種」

「はあ」

「で、どう思うわけ」

「毎日来てるし、頑張っているなあって」

「それは有果ちゃんも同じじゃん。それはともかくさ、キモいっしょあいつ。キモくて、ウザくて、ヤバくね？」

有果は笑窪を浮かべた表情のまま、数秒固まっていた。返事に困っている。短期バイトの立場ではあるが教員でもある僕は、彼らの悪口を止めるべきなのだろう。しかし、そのことを忘れていた。陽太の言葉に、有果や茂樹がどう反応するか気になってしまったのだ。

数秒の迷いを見せた有果は、こくりと頷いた。意外とはっきりとした意思表示で、僕は驚いた。そうか、そう来るか。やはり有果の、宗人に対する声かけは気まぐれの同情でしかなかったのだ。

宗人には辛い現実だろう。よりによって陽太に、有果は「宗人がキモくてウザくてヤバい」と感じていることを打ち明けたのだ。

「でしょ、そりゃそうでしょ。ってさ。有果ちゃんもわかってくれたよ。そんで、それを踏まえて茂樹くんはどうなのよ」

「別にそんな、キモいとかそういうのは……」

茂樹は下を向いたまま陽太に目も合わせず、重ねた手をもじもじと動かしている。

「可哀そうにさえ見えるぜ、茂樹。あんなのに付き合わされて」

「でも、宗人は『おれくらいしか友達いないでしょ』って言うし」

「え、ちょっと待って。待て……なにそれ。宗人が茂樹に『おれくらいしか友達いないでしょ』って言ったわけ」

「え……う、うん」

「なんだよそれ。あいつの言うセリフじゃないって。茂樹があいつに言ってやればいいんだよ。『おれくらいしか友達いないだろ、お前』って」

「いやでも」

「でも、じゃなくて。宗人はキモいって、ウザいって。素直に口にしてみろって。楽になろうぜ」

この辺で僕は自分の立場を思い出して「おい陽太っ」と咎めるように呼びかけた。それ以上はやめろという意味を込めて。陽太はわざとらしく頭に手を当てて「へい、すいません」といった感じで自分の席へと引っ込んだ。

やがて宗人が教室へとやってくると、陽太は嫌味ったらしい笑みを浮かべながら彼の姿を一瞥した。陽太の表情に気付いた有果も、笑窪を深めるように唇を尖らせ、意味深な表情をつくる。

中学生も大学生も社会人も、きっとそう変わらない。人が集まる場所にはえてして、このような光景がある。それにしたって、なんだか教師になりたくない気持ちを膨らませるような一幕である。

なぜこんなにも後味が悪いのか。親しい者が自分から離れていく存在には、どこか気持ちを重ねてしまうのだ。僕にも覚えがある。

シュートは介抱したお礼に、弌奈に森へと連れて行かれた。茂みをかきわけ降りて行った先には小川沿いのこじんまりとしたログハウスがある。木で造られたそのログハウスはテラスやハンモックも備えられていて、南国感が醸しだされている。

「ここ、私の家なんだ。上がってよ」

と案内されたシュートは、窓近くのテーブル席で待たされる。夜空に動物が飛んでいるシャガール作品を模したような絵も飾られていて、洒落た喫茶店のような内装である。

しばらく待っていると、弋奈は料理を運んできた。ゴーヤチャンプルーや自家製ジーマミー豆腐といった沖縄的料理である。飲み物はグァバジュースだ。

「これ、君がつくったの」

「うん、料理するの好きなんだ」

と弋奈はシュートの真向かいに腰掛ける。ワンピースの上にエプロンをかけている。

料理を口に運ぶシュートを、弋奈は「お口に合うかな」と心配そうに見つめている。

ゲームはしばらく弋奈による料理についての解説と、シュートの感想によるテキストが続く。やたらと長いテキストである。ゴーヤが弋奈自ら植え育てたものだとか、ビタミンが豊富に含まれているだの、ジュースにして飲むこともあるだの、ゴーヤひとつとってても長々としたテキストである。この調子で料理全体に解説と感想が語られ、食事シーンを終えるだけで十五分ほどを費やした。ゲームのシナリオライターは東京の人である。取材で手に入れた情報をすべて注ぎこんでしまったのだろうか。宗人がそのシーンも実況するわけである。「へえ、そうなんだ」とか「苦そう」なんて当たり障りのない感想を挟みながらも、言葉を途切らせぬよう、彼なりに努めているようだ。相変わらず視聴者は「声ネチョネチョしてるな」「笑い方キモい」など宗人の声に文句をつけているし、僕もコメントの通りだと感じてしまう。

「君は、どうして道の真ん中で倒れていたの」

食事を終えたシュートは、弋奈へと質問する。当然の疑問である。

「追い出されたの」

寂しげな表情で、弋奈はそう呟いた。

「追い出されたって、どこから?」

「パパとママが眠る、私にとって大切な場所……」

(大切な……場所? そういえば、あの辺りって軍のヘリパッドが建設されているところだよな。まさか……) という、シュートによる心の声が語られる。高江をもじった高栄を舞台にしているだけあり、軍の基地関係の話も絡んでくるのだ。ゲーム中では「アメリカ」や「米」という言葉を使わず「大国」と呼んでいる。

そのとき、一帯に轟音が鳴り響く。目の前にあるテーブルも、かたかたと音をたて小刻みに揺れる。弋奈は目を閉じ、耳を塞ぎこんだ。ふと窓外を見やると、シュートの目に空を飛ぶ軍のヘリが映った。

(低く飛ぶその機体には、こちらを威嚇するような圧力があった)。

このシーンに、いくつかの視聴者コメントが流れた。「土人さん乙」「軍の恩恵を無視した被害者意識ですねw」「こうしてゆすりたかりが始まったのであった」といったインターネットでは、とくにこの動画投稿サイトではありがちなコメントである。軍に反した思いをもつ沖縄県民を笑うものだ。「ネトウヨが騒ぎ出したな」という、そのコメントらを揶揄するコメントも現れ、動画は少々荒れ始めている。

宗人はといえば「はいはい、なるほどね」「ああ、そういう話ね」「左翼っぽいのが始まったな。左翼臭がしますね、匂います」とまあ、そんな感じのことを口にし出している。ゲーム画面の前で、馴染みのニヤついた表情に崩れているのか。

沖縄や韓国、中国の政治的、歴史的な話が絡むとネットは荒れやすい。実際の沖縄の政治的状況について、僕は詳しくない。沖縄を馬鹿にするコメントらにどれほどの正当性があるのかわからない。しかし、嘲笑したり攻撃的であったりの汚い言葉にまみれた動画は、目に痒みを覚える。実況者のノリも含め、まるでたかる蝿のようにうざったい様相を醸しだした。

そこで「南へ～Summer Vacation～実況動画 part2」は終わった。もうしばらくはいいかな、この動画シリーズは。

ネットを開いたついでに、インスタグラムも検索した。写真投稿を主としたＳＮＳであり、インスタと呼ばれているものだ。陽太ら「賑やかな」グループ内の会話で度々「インスタ」というワードが発されていたので気になったのだ。彼らのあだ名や行き先などのワードを入れ込んだ検索で、彼らの休日の写真はすぐに見つかった。会話の内容通りバーベキューをしたり、川ではしゃいだりする様子が映っている。男女でポッキーを端から食べ合う、みたいな写真もある。こっちの方がよっぽど「Summer Vacation」である。担任等を受け持つ教師らも、こうして生徒の様子を探っているのだろう。僕がしているくらいだから、少なくない数の教師もしているはずだ。

しかし、宗人や陽太の担任じゃなくて良かったな、と思う。とくに宗人である。一年をかけ、彼の生活態度や学力に責任の一端を担わされるのだ。どう対処したものか、想像がつかない。


一日を開け、昼食時に陽太は補習教室へやってきた。後方の席には茂樹もいる。細々と弁当を食している。今日もひとりだ。宗人はまた動画の編集でもやっていて、あとから来るのだろう。

茂樹の前にある長机を撫でながら陽太は、彼の元へすーっと近づいた。茂樹は警戒するようにして顔を上げる。

「なにか、用?」

「そんな、怯えることないでしょ」

「また宗人の話」

「うーん……。ていうかさ、遊びのお誘い」

「遊び？」

「今日、補習終わったあとカラオケ行くからさ、みんなで。あ、あの辺のメンバーね。茂樹も来ないかな、と思って」

「へ？」

茂樹は驚き、手に持った箸で自分のことを指さしている。まさか自分が誘われるなんて思ってなかったのだろう。

「カラオケとか、嫌いか」

「嫌いというか、あんま行ったことないし」

「後半は歌わずおしゃべりするだけだから。ほら、いつも同じメンバーじゃおしゃべりも飽きるだろ。だからさ、茂樹も来ないかなって。それに歌ってみたら案外、楽しいかもよ」

「……本当に、行っていいの」

茂樹は箸で歯をなぞりながら、上目遣いで陽太を見つめている。行きたいのか、茂樹。

というより、宗人から離れたいのだろうか。

「むしろ来てほしいんだけど。ってか来いよ。オーケー?」

「うん、わかった。補習の後だね」

「よし。連絡先交換しよう。補習終わったらLINEして。あとさ、念のため言っておくけど……誘ったのは茂樹だけだからな。わかるよな」

「う、うん」

これが陽太の狙いである。宗人から茂樹を離し、ひとりにさせたいのだ。陽太も宗人からよくぶつくさ言われているし、舌打ちも鳴らされている。有果に接しているのも、宗人にとって気にくわないのだろう。

陽太はそんな宗人に対し、嫌がらせにでたのだ。

連日補習教室にて、ろくでもない光景が繰り広げられている。

後から何も知らずやってきた宗人は茂樹の側に位置すると「今日もまたアップしたから」と鞄を下した。動画を投稿した、という意味だろう。

「へえ、そうなんだ」

茂樹は宗人へと、顔も向けずに返事した。

「え、なにその言い方」

「なんか、変だった？」

「冷たくないか」

「そんなことないでしょ」

と茂樹はようやく宗人へ目を合わせた。しかし、その目には感情がない。

「ん。今日の茂樹、おかしいな」

「いつも通りだよ」

「……ま、いいや。またコメントしといてよ」

言葉も返さず、茂樹はプリント問題へと取りかかる。

「聞いてるか、茂樹」

「聞いてる。コメントすればいいんだよね」

「なんか、怒ってるのか」

「怒ってないよ」

「そうか……。とりあえず、コメントよろしくな」

ふたりの間には、いつもとは違う空気が漂っていた。陽太の策略がうまくいったのだ。茂樹はさっそく、宗人から距離を取ろうとしている。元々宗人の側というのは、居心地のいい場所ではなかっただろう。新しい居場所が見つかりそうなら、そこに心が向くのも当然である。

その後もふたりの会話はどこか噛み合ってなくて、宗人に焦りやイラつきが見え始めた。舌打ちがいつになく多い。

茂樹と噛み合わない反動もあったのだろう。この日宗人は、有果に食い入るように絡んだ。皆が帰り教室に宗人、茂樹、有果の三人になってからのことだ。茂樹を放って、有果へとひとり近づいた。「ここ、座ってみてもいいかな」と有果の隣へ腰掛ける。

「有果さんさ、土曜とか日曜日って何やってるの」

まず宗人は、そう尋ねた。

「別に何も。塾があるときもありますけど」

「あれ知ってる？　あの『またの名を』っていう映画」

「ああ、流行っている映画ですね。アニメの作品ですよね」

「うん、そうそう。男女の体が入れ変わる映画ね。その映画さ、今度観にいくんだ」

「ふうん、そうですか」

「あの、有果さんはどうかな。どうなんだろう」

「どうって？」

「観にいってみない、かな」

「ん？」

「あ、いや、おれ行こうかと思ってるんだけど。ついでに一緒に観に行かないかなって考えて」

「あー……」

シンボルの笑窪を浮かべながらも、有果の強張った頬は戸惑いを表している。「そうきたかー。そういう話かー」ってなものだ。

これは宗人なりの「デートのお誘い」である。ウブである。普段気味悪いニヤつきを振りまきながら悪態や舌打ちを撒き散らしているわりに、こうなるとただのウブな男子なわけだ。ゲームの世界の恋愛とも大きく異なる態度である。

「あの、ごめんなさい宗人さん」

「ん、ごめんって。なにがごめんなの」

「ちょっと私、ああいった映画には興味がなくて」

「あー、そうか。じゃあ、あ、そうだ。あのさ、有果さんはどんな映画が好きなの」

「映画……あんまり」

「え」

「映画は、あんまり好きじゃないです」

「あ、そうなんだ。そういう人っているんだ。まあ、いるか。そうだよね。でもさ、観たら結構面白かったりもすると思うんだけど。観に行ってみようよ、一緒に。ダメかな」

「うーん……茂樹さんは?」

「は」

「茂樹さん誘ったらどうですか」

「いや、あいつは別に……」

「別に?」

宗人は有果に顔を寄せると、声をひそめる。

「あいつとは、一緒に映画行くほどの仲でもないっていうか」

宗人は、聞こえていないとでも思っているのだろうか。後方に座る茂樹の目が光ったのを、僕は見逃さなかった。雑音もないこの教室じゃ、どこの会話も筒抜けである。

「でも、そしたら……」

有果は唇を歪めている。言いたいことはわかる。なら、私とだってそれほどの仲じゃないですよね、ってことだろう。

「映画は、興味ない?」

「は、はい」

「なら、だったらさ、今度隣の市で祭りがあるでしょ。花火大会。あれ、行こうよ」

「は……?」

口をかぱっと開いた有果は、唖然としている。

どうやら宗人は、焦っている。やんわりと断られている事実を認めたくないようだ。

「私と、ですか」

「う、うん。一緒にさ」

「私と、宗人さんとで？」

「そうだよ」

「あの、他の人と行く予定があるんで。無理なんです」

「他の人って、陽太のことでしょ。ここで話してたの見てたから、それは知っているけど」

「なら……」

「でもさ、いいの、それ」

「え」

「だって有果さん、陽太のことうざったく思ってたでしょ。だったら、行かなくていいでしょ、ねえ。それより、おれと行こうよ」

「陽太さんのこと、別にうざったくなんて思ってないですよ」

「そ、そんなわけないだろ。しつこく花火に誘われてたとき、嫌そうにしていたじゃないか」

「確かに、しつこいとは思ったけど」

「だろ、だろ」

必死になってきた宗人の語気が荒くなっている。

「でも、結局まあいいかなって思ってお誘いにのったので」

「嫌嫌だろ。そんな約束破れよ」

「あのね、宗人さん。ここではっきりと言っておきますけどね」

と有果は背すじをぴんと伸ばし姿勢正しくすると、宗人を真正面から見つめた。

「陽太さんの誘いと宗人さんの誘いなら、私は陽太さんを選びます」

「は……」

宗人の表情は途端に息苦しそうな、悲哀のある顔へと歪んだ。わらでもつかもうとするかのように、指先がもがいている。

「なんだよそれ。あ、そう。そうか。お前もそういうタイプか。陽太みたいな人種ってことか。なるほとね」

と立ち上がると、有果の近くを意味もなくうろうろ足踏みし出す。引き続き、彼はひとりでまくしたてる。

「そうなんだ、じゃああれだな。ああいった下らないやつのとこ行って、染まっちまえよ。頭の弱い女には頭の弱い男がお似合いだよ。優しそうな大人しそうな顔しといて、体はバカな方向にうずいていたわけだな。ははっ」

宗人は芝居下手な役者のような笑い声を、有果へと吐き捨てた。「体がうずいていた」とは珍妙な表現であるが、男子中学生というのは確かにこの種の言葉をやけに好んだりもする。

しかし、宗人の言い分はめちゃくちゃである。有果も珍しい生物でも眺めているように、顎に手を当てながら彼の様子を覗きこんでいる。宗人は拒絶されていることを認めたくなくて、自分の弱さや醜さに蓋をしたくて、あがいているのだろう。悪あがきである。

中学生といえど、他人の恋愛模様に口を挟むのもどうかと思い黙っていたが、さすがに限界である。いちおう、僕は教員という立場にもなっているし。

「おい、いい加減にしとけよ宗人」

バカ女が、だとかぶつくさ呟いている宗人に僕は注意する。

「は、あんたになんの関係があるの」

と突っかかってくる宗人の瞳孔は開き、ぎらついている。口元によだれを垂らしながら。

「君が今口にしているのは、ただの侮辱だよ」

「うるせえっ、バイトが教員面して口出してんじゃねえよ。ああ、もういい。くだらない、帰ろう。行くぜ」

宗人は茂樹の元へと戻ると、彼の肩を叩いた。八つ当たり混じりの、やけに強い叩き方だ。

「ほら、さっさと荷物しまえよ」

「なんで?」

茂樹は抑揚のない声で聞き返す。

「なんでって、なんでもなにもないだろ。帰るって言ってるから帰るんだよ」

「一人で帰れば?」

そう聞き返す茂樹の表情は、凛としている。

「は……ふざけんなよ、てめぇ」

宗人は怒りを露わにすると、茂樹が腰掛ける椅子を蹴りあげた。しかし、特に茂樹の反応はない。細めた目で彼を見つめるばかりだ。

「やめろ」

と声を荒げ僕が立ちあがると、宗人は茂樹から離れた。そのまま教室の扉へと踵を返す。

「絶交だな、お前とも、お前とも」

と宗人は茂樹、有果へと指を突き刺すと、これを捨て台詞に去って行った。茂樹はともかく、有果とは絶する程の交流があったとも思えない。

静まり返った教室に、壁時計の秒針を刻む音が響いた。

静寂を割ったのは有果だ。彼女は寒さに堪えるように腕をさすりながら、

「き、も、ち、わ、る、いーっ」

と叫んだ。両足でどたどたと床を踏み鳴らす。

有果のその様子に、茂樹は不敵な微笑みを浮かべていた。

一年半前、僕は彼女を友人に奪われた。

別れる一か月程前から、不穏な空気は漂っていたのだ。こちらに関心を失ったかのような、素っ気ない態度が続いていた。それについて、こともあろうに、その「彼女を奪った友人」にずっと相談していたのだ。唯一の友人であり、親友だと思っていた。友人は「きっとあいつは、お前のことが好きだから。心配し過ぎだよ」ってな言葉を繰り返していた。

彼女とその友人とが手を繋いで歩いていた、という話を人づてに耳にし、僕はようやく実際のところに気付いた。彼女を問い詰めると、白状した。彼女はわざとらしく涙を流しながら「でも仕方ないじゃない、好きになっちゃったんだから。お互いにさ」と声を洩らしていた。

怒りと悔しさと途方もない寂しさがない混ぜになった僕は、気が動転していた。そのひとときだけではない。三か月くらいずっと、気が動転しっぱなしだった。なにせ、誰よりも心から信頼していた二人に裏切られた思いだったのだ。こちらの不安や悩み、彼女への好意を知りつつ、二人は僕の見えないところでいちゃついていたのだ。馬鹿にされていると感じた。世界が閉ざされたかのように失望し、誰も信じられなくなった。元彼女にも友人にも、ありとあらゆる罵倒を投げかけた。まともではなかった。確かにまともではなかったが友人の方から「今はお前もまともな状態じゃないからさ。時間を置いて、落ち着いたときに話そう」などとメールがあったときには殺意を抱いた。どの面を下げてこんな言葉を寄こしているのかと。対して僕は「死ね」なんて稚拙な言葉を返したりしていた。メールのみならずSNSも使って罵詈雑言を放ち続けた。そうしなければ、孤独に押しつぶされそうだったのだ。頭がおかしくなりそうで、自ら部屋の壁に頭をぶつけたりしていた。

大学に通うのも嫌になった。友人も元彼女も学部は違うが同じ大学である。校内で友人や元彼女を見かけでもしたら、殴りかかってしまいそうだった。俯きながら、単位の危なそうな授業だけ出てはそそくさと帰る、という日々が続いた。

そんなときだ。ゼミの終わりに、講師から声をかけられた。四十代半ばでありながら白髪がかった、丸顔の男性講師である。失恋後の僕の様相は明らかに変わっていたはずで、講師も気にかけてくれていたのだろう。ある程度の察しもついていたらしい。

鞄にものを閉まっている僕に近づくと、

「人間関係に捉われるなよ。君は、いいレポート書けるんだから。前を向いて歩け」

と言葉をくれた。言うと、優しく微笑んでいた。

なんだか見透かされているようでぎくっとして「はい」と頷きながら適当な返事をし、僕はさっさと教室を去った。気味が悪いな、と感じた。けれども、悪い気分ではなかった。気にかけてくれる人が一人でもいてくれるのがやはり、救いになるのだ。

宗人の言動は、ハチャメチャである。みなにうとまれるのも、自業自得である。でも僕は、彼を一笑に付すことができない。独りに追いやられたあの、胸がかきむしられる苦しみを知っている。

宗人は補習教室に姿を見せなくなった。あの惨状の後では、当然である。惨状から二週間が経ち、八月も終盤に差し掛かっていた。

ふと彼のことが気になった僕は、インターネットを立ちあげた。動画投稿サイトへと移動する。

宗人の心のより所は今、ここにあるのだろう。動画はしっかりと、継続して投稿されていた。

前と様相が変わっている。まずは動画のタイトルが変更している。「土の人たちと恋愛してみたpart7」となっている。なんのことやらわからなかったが、動画内容を見てタイトルの意味を理解した。土の人、とは暗に土人を意味しているのだ。沖縄らしき土地の女の子のことを、土人と言っているのだ。サムネイルは実在の基地反対運動家の顔に、悪意ある落書きを加えたものである。動画シリーズはある方向へ特化していた。そのかいあってか、再生数も伸びている。すべて七、八百台へ到達している。

再生ボタンをクリックしてみる。

相変わらず弋奈とのエピソードが続いている。基地問題が絡む物語に宗人の編集技術が差し込まれる。ゲーム内で基地に嫌悪を示すようなシーンがあれば、対抗して「でもこんなに金をぶんどっています」みたいな資料映像がカットインするのである。あるいは「このように、反対派の暴力も蔓延っています」みたいな。ネットで簡単に拾ってきたかのような、どこまでかリアルかわからない資料映像である。僕も多少は目にしたことのある資料があり、とっくにデマだと見破られているものもあるが、宗人は平気で使っている。けれども動画のテンポはよく、効果音も上手に入れられていて、編集技術は確実に上がっている。マイクの使い方も慣れてきたのか、声もこもりがなくなり聞きやすくなっている。聞き取りやすいからといって、魅力的な声というわけでもない。激しい方に向かっているのは編集やコメントだけではない。ゲーム内容もまた、である。

あの後、シュートは弋奈とのデートを重ねたようだ。好感度、という女の子毎に用意されたパラメーターも、弋奈の分は大きくなっている。ピンク色のハートがどくどくと波打ち、主人公シュートへの好意を表している。

携帯をもっておらず家に電話も繋げていない弋奈とは、公衆電話で連絡を取っている。

シュートはいつも、彼女からの連絡を待っている立場だ。連日連絡を取り合っていたのだが、あるときから急に、彼女の声が途絶える。一週間を過ぎ心配になったシュートは彼女の住む家へと出向く。パパもママもいないと言う弋奈の、ひとり暮らしのログハウスだ。

Part7 の動画はこういった内容である。

森の茂みをかき分け、シュートの前に現われたログハウスは一変していた。窓が割れ、ところどころ板もはがされ、ぶちまけたように赤いペンキが塗られている。押し込むように幕も貼られていて「極左テロリストの巣」「反日は島から出て行け」「御国のために身を捧げよ」と殴り書きされている。

(一体……なんなんだ、これは)

慌ててログハウスのドアへと手をかけると、鍵は開いていた。中に入ると、投げ込まれたのだろう多くの石が散乱している。電気の点いていない部屋は、真っ暗なままだ。

台所へと足を踏み入れると、一匹の鳥が倒れていた。黒っぽい体に赤いくちばし。ヤンバルクイナだ。土に汚れ怪我もしている。弋奈の姿はない。彼女が戻ってくるのを待つ間、シュートはクイナの手当てをする。濡らしたタオルで体を拭き、家の周りにいる虫を拾うと口元へと持っていく。

夜遅くまで待っても、弋奈は帰ってこなかった。

諦めて戻ろうとドアの前に立ったところで、後方から眩しい光を感じるのである。慌てて振り向くとそこに、後光に包まれる弋奈の姿があるのだ。

呆然とするシュートに、弋奈は声をかける。

「すみません、驚かせてしまって。もう、隠せませんね」

黒みがかったワンピースに、細く白いラインがひかれていて、どことなくクイナを思い起こさせる模様だ。つまり弋奈は、ヤンバルクイナの化身であったわけだ。

「奇ゲー」と呼ばれるゆえんのひとつである。

そして彼女の口から、これまでの経緯が語られる。元々彼女は、フェンスの向こう側に住んでいたクイナなのだ。しかし木々は刈り取られ、土地は荒らされた。軍用地の開発による影響で、家族の命も奪われたのだ。

「家族だけじゃないよ。仲の良かった他の鳥たちも、敵だったハブやマングースも、みんな殺されてしまった。私はぼろぼろになりながらも生き残ったけど、あのとき死んどけばよかったなって思うこともある」

悲しみと憤りを覚えた彼女はその強い思いから、人間の姿へと変身するようになった。故郷を取り戻そうと日々、人間として基地への抗議活動を続けている。フェンス内に乗り込むこともあるという。けれども激しく声を荒げ立ち向かっていくため、右翼団体や機動隊員から目をつけられているようだ。その結果が道端で土に塗れ倒れていたあの姿であり、ログハウスの現状なのだ。

沖縄県民らしき存在に「土の人」呼ばわりしているのが、この動画である。視聴者には、少なくともコメントを打つ者には彼女に同情している者などほとんどいない。奇抜な展開を鼻で笑うか、弋奈の言動を馬鹿にするかのどちらかだ。弋奈がクイナの化身だと判明した際には大量の「www」というコメントが流れた。wとは（笑）を意味する。他にも「プロ土人爆誕」「被害者意識がお金を生むんですよね」「バカ左翼のお花畑みたいなお話だな」と、侮蔑の言葉が並んでいる。

どうやら、この動画シリーズはネットでよく見かける「仲間内」のものになってしまったようだ。

宗人も「うわあ、偏った思想押し付けてくるなあ」とか言ってへらへら笑いながら実況しているし、対してコメントも「まったくだな」「主の言うとおり、洗脳教育だよな」と実況者を助長するものばかりだ。主、とは実況主のことであり、動画を投稿している者のことだ。

宗人はゲーム実況を初めて、ひと月も経っていない。この段階でここまで編集技術をつけ、人気もつけていることを考えれば、実況者としては大きな成果である。内容を鑑みるに一概に褒められたものではないが、実況へのプロ意識は伝わる。

彼なりに、かなり順調にきていた。このpart7までは。

問題が発生したのは次の「part8」である。

僕はすっかり、part7に記されていた次回の動画投稿日を覚えていた。あ、今日part8だなと頭をよぎって、コンビニ弁当片手に気がつけばパソコンの前へと位置していた。

宗人のつくる実況動画が好きなわけではない。聞きやすく改善されたものの、声もいまだ気味悪さを残しているし、ある方向に特化した受け狙いも安易だと思う。かといってゲーム「サマバケ」のストーリーにもそう関心はない。

ただ、どこか宗人自身のことを気がかりに思っていた。もしや、僕にも教員らしい気持が芽生えているのだろうか。

part8には、今までとは違うタイプの目を引くコメントが散漫していた。「○○中学三年B組で、こんな声聞いたな」「あれ、むねと君なにやってるの」「○○中の嫌われ者、絶賛実況中w」「○○中のみんなにこの動画、宣伝してあげる」「むねと君はロリコンの差別主義者でした」etc。動画をアップし時間も経たない内に多くのコメントがついてるなと思いきや、この種のものばかりである。

どういう種の人間がコメントしているか、容易に想像がついた。

中学のやつらにバレて、動画が荒らされているのだ。実際のものかわからないが、宗人の住所や電話番号らしきものもコメントされている。バラしたのはでは、学校内の誰なのか。決めつけてはいけないが、推測はできる。宗人がシュートを名乗りゲーム実況をしていると知っている人間は、かなり限られている。というか、茂樹ひとりだ。

動画投稿者は不快なものや都合の悪いコメントを削除できたはずである。まだ個人情報等のコメントが消えていないということは、動画をアップした宗人も気づいていないのだろう。これらのコメントに気付いた際の彼の胸中を想像すると、恐ろしいものがある。応援してくれる唯一の存在だろうと茂樹にだけ実況していることを話した結果、みんなにバラされたあげく、グルになって馬鹿にされたのだ。挙句、個人情報をネット上に流されたのである。

はたして、学校の教員らに報告すべきであろうか。いや無理だ。自分の中で、答えは早かった。「なんでそんなのチェックしてたの」と聞かれたらいかんとも返事し難い。ちなみにインスタもチェックしてます、などなおさら言えない。夜空の花火を背景に、肩を寄せ合ってピースサインをつくっている陽太と有果の写真も見つけた。着物姿の有果は身を寄せる陽太に警戒する様子もなく、いつにも増してアンニュイな笑窪を浮かべていた。澄ました瞳は、まるで誰かに見せつけているかのようだ。「おふたり、お似合いじゃね?」「熱いね、ひゅー」といったコメントが書き込まれている。

教員らに知られたりしたら、宗人にとっても恥辱の上塗りでしかない。ここは遠巻きに様子を見守るしかないのだ。

part8が投稿された翌日、久しぶりに宗人は補習教室へやってきた。いや、やってきたというより、乱入したというべきか。

もう明日で補習教室が終わるという日だった。

昼食時だ。陽太ら「賑やかな」グループは、毎度のことながら夏の爽やかで涼やかな思い出をだべっていた。グループの一角には、それとなく茂樹も混じっていた。教室の壁に背を凭れ座っている。宗人の傍にいたときには見られなかった、大口を開けた笑顔が眩しい。体も顔も小柄な彼が大口を開けると、金魚釣りのおもちゃを思い出す。

さてそんな最中、勢いよく教室の扉は開かれたのだ。引かれた戸が跳ねかえるほどの衝撃音に、教室中の視線が集まった。

手ぶらで、手入れしていないのかぼさぼさ頭の宗人が鼻息荒く立ちつくしていた。ニキビ面が赤くなっている。怒りに満ちた鋭い目で室内をぎろりと見渡すと、視線は「賑やかな」グループの方向で止まった。

ずたずたと彼らの方に近寄る。陽太の前に立つと、彼の肩を小突いた。

「なんだよ」

と陽太はしかめ面をする。

「お前か、なあ」

「はあ？」

陽太は語尾を上げ、わざとらしく聞き返す。

「どうせお前だろ、陽太」

「なにが？　なんの話かわかりませんが」

「誤魔化すなよ。荒らしただろ、たくさん打ち込んで」

勢い余ってやってきたのだろうが、ゲーム実況をしていると周りにバレたくもないのだろう。宗人ははっきりしたワードを口にしない。

「荒らした？　うちこんだ？　なんのことだよ。なんか、物騒なお話ですね」

陽太は自らのこめかみを指さしながら、グループのみなを見渡した。「こいつイカれちゃってるよ」というジェスチャーだ。グループの面々は笑っている。茂樹も、おおらかに笑っている。

「なんだ、なに笑ってんだよ茂樹」

「へあ?」

口元を緩めたまま、茂樹はとぼけた返事をする。

「お前がバラしたんだろ、どうせ」

「へあ?」

茂樹は同じような反応を見せる。宗人を挑発しているのだ。

「てめぇ……」

「聞いた? てめえ、だってよ」

と陽太は手を叩いて笑った。

「『てめぇ』なんて言葉さ、普通言うか? アニメやドラマの見すぎじゃねーの、宗人くん」

宗人は陽太の胸倉に掴みかかった。

仕方ない、僕も立ちあがるしかない。

「手、出すの。出してもいいけど、先生見てるよ」

陽太に言われチラリと僕を見やった宗人は、大人しく手を離した。くそっ、と吐き捨てながら舌打ちを鳴らす。

「覚えとけよお前ら。インスタとか荒らすからな」

「うわっ、俺たちがインスタしてんの知ってんだ。キモっ。気にしてんの。まあ、別にいいよ、荒らしても。でもそんなことしたら自分がどうなるか、大体想像つくよな」

目の前にいるやつを、ぶん殴りたいけど殴れない。葛藤からか、宗人は宙にぶんぶん腕を振り回し始めた。うぐぐ、と声を洩らしながら握り拳で宙や机を叩く。

「あのさ、宗人」

と声をかけたのは茂樹だ。

「なんだよ」

「みっともないからさ、帰りなよ」

茂樹はそう言い放った。「言うねえ茂樹。結構、刺してくんじゃゃん」と陽太は喜んでいる。

宗人は両腕で顔を覆うと「うごおおおっ」と声にならない声で叫んだ。叫びを吐き散らしながら真っ赤な顔で、彼は教室から退散した。出る間際有果と目が合っていたがその瞬間、有果は何事もなかったかのように、ゆっくりとプリント問題へ顔を戻した。

教室中が、うっすらと笑みを浮かべていた。
自暴自棄になった愚か者を、みなが軽蔑している。きっとこの先も「面白エピソード」として、今日の宗人の失態は語られていくのだろう。
心臓をぎゅっと掴まれるような感覚に襲われた。覚えがある。孤独に追い込まれ劣等感にさいなまれ、周りが見えなくなった者の気持ちを、知っている。僕だけは彼のことを、決して笑い者にはできない。

教室を飛び出し、階段を駆け降りた。玄関に着く前に、宗人の後ろ姿が視界に入る。

「宗人、待てっ」

彼は僕の声に振り向く素振りもなく、階段を降りて行く。一階へ着くと玄関へと一直線に走る。内股気味の、ちぐはぐな走り方である。その一場面だけを切り取っても、彼の運動神経が鈍いことがわかる。勉強も苦手だ。見た目の印象も決して良いとは言えない。こぼれそうになる劣等感を必死に抑えながら、彼なりに中学校生活に励んでいたのではないか。

今日、彼は爆発してしまった。

靴を手に持ったまま玄関を飛び出たところで宗人はよろめき、倒れ込んだ。体育座りになると顔を伏せ、涙を堪えるような声を上げる。

背中がちいさくてやっぱり、中学生だ。ちいさくてか弱くてこう見ると、とてつもなく切ない。

「なんだよ」

うつ伏せになりながら、彼は聞いた。

追いかけたはいいものの、言葉が出なかった。なんと声をかけたらいいものか。彼の心に響き、救える言葉などあるのだろうか。

「気持ちはわかるよ」

と言いながら、僕は彼の側に胡坐をかいた。本心であったが口にしてみると上から目線だしなんだか薄っぺらく、嘘くさい。

「なんも知らねえくせに。お前に関係ないだろ」

いや、知っている。彼が思っている以上に、僕は事情をよく知っている。だからこそ余計に彼を庇い、救う言葉に迷っている。

「みんなとうまくやることが、すべてじゃないからさ。あんまりさ、周りのことなんか気にするなよ」

どう言えば伝わるだろうか、と言葉に迷いながら無理して紡いだセリフは、震えていた。まるで宗人の初投稿動画である。あの講師のようにさりげない頬笑みを浮かべ、言ったりできないものか。

「わかったような口きくなよ。教師面しやがって」そう言うと宗人は、顔を腕で隠しながら立ちあがった。「お前もホントはみっともねえって思ってるんだろ。いいよ、もう。

みっともねえから帰るよ」

こちらへ体を向けながら、後ずさりする。茂樹の「みっともないからさ、帰りなよ」という言葉が、よっぽど心に深く刺さったのだろう。

「そんなことない」

と僕も立ちあがった。

「黙れ。それ以上近づくなよ」

手を前に出し牽制する素振りを見せながら、宗人は距離をとっていく。やがて視界から姿を消すと、自転車を漕ぐ音が響いてきた。さっさとこんな場所から離れたい、という気持ちが伝わる、勢いのあるものだ。

僕は学校の玄関前にただ、立ちつくしていた。

やはり僕みたいな人間は、教員には向いていない。

夏の短期バイトが終わりひと月が過ぎた。

ネットで時間を潰しているとき「もしや……」と思い検索をかけてみた。ヒットした。更新頻度こそ遅くなっているものの、宗人の動画投稿は続いていた。個人情報に繋がるコメントはない。投稿者権限を使い、削除しているのだろう。

宗人はなぜ、投稿をやめないのか。開き直っているのか。それともこの世界に、しがみついているのだろうか。彼のことを面白がるいくらかの視聴者がいるのは事実である。彼にとってようやく見つかった、自分を認めてくれる場所だったのか。そう簡単には手放せないのだろうか。「土の人」に文句をつけたい人間がいるおかげで動画シリーズは、ある程度の人気が保たれている。

僕は深呼吸をするとお茶をひと口飲み、動画再生ボタンをクリックした。前の続きのpart9からだ。9,10と弋奈とのデートを重ねながら、彼女の口から家族や仲間との思い出や現状への憤りが語られる。弋奈のパパやママは日々、ハブやマングースなど敵対動物への対処法を教えてくれていたらしい。けれども、パパもママもハブもマングースも、多くの命が更なる巨大なものに呑み込まれたのだ。コメントにからかわれたり罵られたりする弋奈の姿は、僕にはいっそう哀れに見えた。

「見て、まるで怪鳥のように禍々しい緑色でしょ」と戦闘機を指さしながら、弋奈は言う。「この場所から飛んだ戦闘機がね、また、遠い国の街や村を爆撃するの。多くの動物達の命が奪われるの。人間だってそうでしょ。もう、そんな犠牲は出させたくない。自分の故郷を取り戻したいだけじゃなくてね。もう、これ以上悲しみを増やしたくないの。だからこそ、私は抗わなくちゃいけない」

宗人のテンションは part8 までとは、明らかに異なっていた。おそらくあの「乱入事件」のあとにつくった動画なのだろう。コメントに違わぬような揶揄を言いながらも覇気がなく、無理して口にしている感じが伝わる。心身が弱っているせいか、実況始めてのようなぼそぼそ声に戻っている。視聴者もさすがに気付くようで「主元気なくね?」「もっとハキハキしゃべれよ」と叱咤激励が並ぶ。

Part10 に至っては、お得意の「活動家の資料映像等」のカットインまでなくなっていた。さらには、弋奈の気持ちを推し量るような発言まであった。弋奈が家族らの命日だとフェンスの向こうに手を合わせ、涙を流すシーンである。宗人はぼそっと「なんか、さすがに弋奈が可哀そうになってきたな」と呟いていた。へへっ、と笑いながらの呟きではあったが、本心が混じっているようにも感じられた。「どうしたよ主、おいw」「泣き落としに騙されるな」「活動家の暴力には目をつぶるのかよ」。これまでになかった実況者の態度に、コメントにも戸惑いが現われていた。

part10以降の投稿はなく、三週間以上が過ぎている。

バイトが終わり、四か月が経った。自室にて深夜アニメを流し見していると褐色の女の子が出ていて、僕はふとサマバケのことを思い出した。

宗人はどうしているだろう。動画投稿はあれっきりだろうか。学校ではどう過ごしているだろうか。誰かと仲良くやっている様子は、想像しづらい。僕はちらちらと、あの生徒たちのインスタも覗いていた。インスタにおける陽太らの勢力はどんどんと拡大しているようで、多くの生徒を巻き込んだ充実スクールライフが写し出されていた。ホームパーティーにボウリングにプリクラのデコレーション合戦にetc。有果も茂樹もちらほら見受けられるが、やはり宗人の姿は陰さえ見当たらなかった。

教室の隅っこで誰にも目を合わせないように時を過ごす宗人の姿が頭に浮かぶ。それとも、学校には通っているのだろうか。通っていないかもしれない。

パソコンの前に座り、検索をかけてみる。

あった。二週間ほど前に、新たな動画のpart11が投稿されている。

けれども、様相がおかしい。「土の人たちと恋愛してみた」というタイトルが変更し「南へ～Summer Vacation～実況動画」と元に戻っている。

久しぶりに立ちあげた動画はpart11であった。弋奈とのエピソード終盤だ。弋奈の家は何者かに燃やされ、ろくに着るものもない彼女はぼろぼろの服で人気のない基地のフェンス前へと座り込んでいる。動画視聴者の文字コメントが流れる。「家燃やすって、そこまでするわけないだろw」「むしろ左翼活動家がしそうな行為」「反対派の自演だろw」「ってか鳥一匹の話どうでもいい」。相変わらずコメントは、ほぼ一方向に活発である。目にうるさい。どうでもいいなら見なければいいのに。

対して宗人はpart10から引き続き、覇気がない。叱咤のコメントもまた引き続き「主、最近大人しくないか」「口の中痛めたのかよw」「てか何でタイトル変えた」と連なっている。頻繁にあった「資料映像」などの差し込みも前回同様、なくなっている。基地反対派を揶揄するものであり、ここの視聴者の大多数が喜ぶあの映像だ。とはいえ、そんなことしなくたってコメントの方向性はもう定まっており、この流れが変わることはなさそうだ。

低空飛行するヘリに、一帯の土地が震える。そんなフェンス前で、シュートは弋奈に寄り添っていた。身に降りかかる出来事にすっかり疲れ切ったのか、弋奈は倒れ込むようにしてシュートの肩に顔を傾ける。

「私と一緒にいても、楽しいことなんてないでしょ」

ぼそりと、弋奈は呟く。髪飾りのハイビスカスが首にくすぐったい。

「家族を殺されて、生まれた地も追い出されて、移り住んだ家も壊されて。挙句に故郷を取り戻そうと声を上げたら、罵詈雑言を浴びせかけられて。そんな不幸な女の隣にいたら、あなたにも不幸がうつっちゃうよ。だからさ、もう私のことなんか気にかけないで。私から、離れた方がいいよ」

力なくそう言う彼女の瞳は、涙で潤んでいた。口には笑みを浮かべつつも、必死で涙を堪えているのだ。儚い彼女の表情にコメントが被さる。「(注) 鳥です」「不幸な鳥です」「ヘリに嫉妬する飛べない鳥の図」etc。しかしまあ、よくもこう罵倒が続けられるものである。弋奈の言う「罵詈雑言」とやらが、まるでコメントを指しているかのようだ。コメントを打っている方も、自らの言葉に胸やけしないのだろうか。

宗人はいつになく無口である。前までのからかい姿勢の実況はどこにいったのか。あの宗人が、このイベントシーンに見入っているのだろうか。ただ、確かに前回、弋奈を気がかりに思う言葉をぽろっと零してはいた。

コメントに心配の声が上がっている。「主どこ行った」「主、寝てるの?」「寝プレイ乙」。

「もう、私に関わるのやめよう」

弋奈の提言に、選択肢が現われる。

1・仕方ないな、そうしよう。

2・弋奈と一緒にいることが、幸せなんだ。

恋愛ゲームにおいては、簡単な二択である。関係を終わらせたいなら1。深めたいなら2である。「ここはまあ、2を選んでおきます」。宗人が数分ぶりに声を出す。いつにもまして声のトーンが低い。

「そんな優しいこと言うの、やめてよ」

と弋奈は顔を伏せる。縮こまった姿はやはり、ちいさい。ちいさくて、儚い命だ。

「居場所がね、なくなったの。パパもママもいない。生まれ育った場所にも行けない。住んでた家もなくなった。だけど、今の私にはあなたがいる。正直に言うとね、嬉しいんだ。あなたの隣にいると、まだ私にも居場所があるんだなって思えるの。けどね、大変だよ。私は基地に抗い続けるし、そのせいでまた、恐ろしい目に会うかもしれない。隣にいたらきっと、あなたも巻き込まれるよ」

1・それは勘弁だ。付き合えない。

2・それでいい。共にこの理不尽な状況に、抗っていこう。

恋愛ゲームではあまり迫られないタイプの、珍しい選択肢である。だが、今後どう転ぶかが安易に予想できる二択でもある。弋奈と関係を深めたいのなら2だ。ただ、この動画において多くの視聴者が求めるのは1である。基地反対派を揶揄するコンセプトで続いた実況動画シリーズだ。「1」「1」「1w」「1しかないでしょ」「1一択」と実際、

1を推すコメントが大量に流れている。

矢印を1に2にと行ったり来たりさせながら、実況者の宗人は迷っている様子であった。「即決だろ」「なに迷ってんだよ」とコメントが宗人をはやし立てる。

鼻水をすする音が聞こえる。むせるような咳も。

「え、まさか泣いてる？ w」「嘘泣き乙」「どうしたんだよ、主w」と流れるコメントにも戸惑いがある。

やがて宗人は、大きくため息を吐いた。意を決したように、語り始める。声が震えている。

「批判もあると思います。けど、もう決めました。……2を選びます」

「は？」「バカかよ」「左翼堕ちw」「見損なったわ」とコメントは反感に染まっている。

コメントが怒りや戸惑いに溢れるのもしょうがない。宗人は基地反対派の弋奈に味方する選択をしたのだ。

「この前の動画でね、弋奈が可哀そうだなって言ったんです。で、それに対して色々批判のコメントがあったんだけど……。考えたんだけど、基地のせいで弋奈の家族の命や故郷が奪われたのは確かでしょ。どこかに弋奈の居場所をつくらなきゃ、やっぱ可哀そうじゃないかな」

そう言うと、また押し黙った。のちに「ごめんなさい」と呟きながら、2の選択肢に決定する。

コメントを見るに視聴者は呆れかえっている。「ぽかーん」「左翼の作り話にごまかされるなよ」「活動家の実態知ってんだろ?」「もうこの実況も終わりだな」。

僕は他の視聴者と違い、この実況者が誰だが知っている。その点、多くの視聴者とは異なる立場だ。彼の立場を知っている。彼もまた、居場所を失った人間なのだ。基地がどうとか、反対活動家がどうとかではない。居場所をなくした者の心の痛みに、どうしようもなく気持ちが重なってしまったのだろう。

その選択肢でいい。自分が選びたいものを選べばいいのだ。周りの奴らに捉われるな。宗人を咎めるコメントに画面は覆われている。僕はその荒波の中に、初めてコメントを打ち込んだ。

「カッコいいぞ、突き進め」

そう入力すると、エンターキーをタップした。多くの批判コメントに塗れた、ほんのひと言である。見過ごされるかもしれない。目にしても、受け流されるかもしれない。けれども僕は、打ち込まずにはいられなかった。遠い日でもいい。ほんの少しでも、胸に響いてくれたらいい。

届け。

第40回新沖縄文学賞佳作

断絶の音楽

梅雨が明け、沖縄の夏が始まろうとしていた。屋上から見える街並みが日の光に揺れている。遠くからセミの鳴き声も聞こえる。

暑い日だ。風も少ない。おかげでタバコは吹かしやすい。キャスターの煙が雲に溶け込もうと空にたゆたう。

俺はくすんでいた。授業を抜けては屋上で煙を吐き出したりアイフォンのアプリゲームをいじったりして時間を潰す日々を過ごしている。川を下りながら岩を飛び越え鳥を避け続け、ついに今日、ゲーム登録者十五万人中の七位に名があがった。

長い道のりであった。

「よしっ」

ひとり、ガッツポーズをつくってみる。

「……はあぁ」

思わず吐き出されたため息に、握った手もするするとほどけてしまう。

一心不乱に操作し続けた成果だが達成感は皆無だ。七位、というご機嫌なナンバーを目にしたときむしろ、虚脱感が襲ってきた。大事な時期に、なにに時間を費やしているのか。

今年で高校卒業の身でありながら先がまったく見いだせない。大学受験にも就職にも目を向けていない。向ける気力さえ出ない。向く視線の先は煙とアイフォン画面ばかりである。たまに、蟻の行列とかにも向かう。

この数か月であらゆるものを失ってしまった。

屋上のフェンスを越え、向こう側に来ていた。縁でうんこ座りの姿勢をとる。自殺マニュアルなんて本の話をクラスメイトから聞いたことがある。だいぶ前に流行った本らしい。成績優秀、グラマー美人な彼女持ちの彼は意気揚々と話していた。楽に死ねるのが首吊りで、気持ちよく死ねるのが飛び降り自殺らしい。

そんなことを考えていると少しは涼しくなれる。

「おはよう」

タバコの煙が鼻を掠める。キャスターの煙ではなく、もっと濃く苦い味のする副流煙だ。

いつの間にか例の客が来ていた。この時間は俺ひとりの屋上のはずだったのに。

「おはようございます」

顔を上げると俺と同じく縁沿いに、距離を置いて立っている。咥え煙草に、スーツをはだけさせポケットに手を突っ込んだ姿勢は相変わらず気取っている。顔は眩しい日の光に隠れて見えない。

「なにを考えている」

「別に、いつも通りなにも考えてんよ」

「そうか」

「死にたそうにでも見えたか」

「いいや。特に生きたそうにも見えないけどな」

その通りだ。

生きる理由を見いだせない俺には、死ぬ理由も見いだせなかった。辛いわけではない。悲しみ憎しみで胸が張り裂けそうな夜なんてない。

ただ、心が動かないのだ。

四時のチャイムが木霊する。学校のチャイムはいつ聞いても呑気である。俺に言われる筋合いはないだろうが。

　学校が終わる時間だった。

　校舎から出ていく男女ふたり組が目についた。俺にとって男は元バンドメンバーであり、女は元カノってやつである。かつて親しい仲だったので歩き方ですぐわかる。バンドは音楽性の違いなんてもっともらしい理由でなく、男女関係のもつれにより解散した。俺は生きがいと生きる支え、ふたつをいっぺんに失った。悪いことは重なるもので、そんな時期に俺の閉め忘れが原因で家に空き巣が入り、父親にしこたま怒られた。ちなみに好きなアイドルも流出スクープ写真を撮られた。

　心が停止した。

　いちゃいちゃと仲よさげに体をくっつけながら歩き並ぶふたりを見ていても、嫉妬心さえ湧かない。感情を盛りあげるように下の音楽室からガーシュインのサマータイムが流れる。音楽教師の伊波先生が弾いているのだろう。素敵な曲であり先取りBGMとしてもまっとうだが胸に響くことはない。

　音を楽しめない人間に音楽活動はできない。

すでに、一年半もこんな日々が続いている。どうしたものだろうか。

授業中の屋上は俺ひとりのスペースだったはずが、三か月ほど前から客が現れだした。といっても、この学校の生徒でも先生でもない。

一人目は少女だ。

七歳の子で、言っちゃ悪いがみすぼらしい恰好をしている。古臭い、染みだらけだし生地のしっかりしていない安っぽい服装だ。しかも髪形はおかっぱである。どこを取っても古臭い。

階段から現れると俺へと駆け足で寄ってきて、傍へちょこんと座った。

急な出会いである。

にこやかに俺の顔を覗いてくる。

「どうした?」

「階段たくさん上がったよ。一番下から」

「そうだろうけどさ。どっから来たば」

「遠くから」

「お母さんは」

「もうすぐ会えるよ」

変なことを言う少女だった。

「仕事行ってて、もうすぐ帰るってことか」

「そんなに簡単じゃないよ」

座敷わらしでも現れたのかと不気味に感じていたのだが、話すほどに慣れていった。

よく見ると黒目のくりっと大きい可愛い女の子だ。

アイフォンのアプリゲーム画面を真剣な眼差しでじっと見つめていたので貸してみたら、彼女はそこからやみつきになった。

「音鳴ってるっ、揺れてるっ、飛んだっ、動いたっ。意味わからん。面白い」

どうやらこの手のゲームを触るのは初めてなようで、いちいちの事態に驚いていた。

終いにはバイト先に電話をかけたとき、その機能にまで驚いていた。

「話してるの？　誰と？　どうやって？　電話になってるの？」

「電話になってるよ」

「電話じゃないのに、なんで」

「電話だよ」

「電話なの？」

どんな家庭環境で育ってきたのだろうか。俺は哀れにさえ感じたが、それも勝手な価値観によるものだなとすぐに反省した。

「名前は？」

「じゅんこ」

「なんでここに来たの」

「友達に会いに来たよ」

「友達ってこの学校にいるの」

「うん」

「学校間違えてないか」

「馬鹿にするな」

応答しながらもゲームに夢中になっている。

俺の頭の中は疑問だらけだった。

第一に、ここは高校である。七歳の子の友達が高校生というのはあり得ない話ではないが、一般的ではない。第二に、ここの生徒が友達だとすれば会いに来る時間が早すぎる。じゅんこが屋上に現れたのはまだ午後一時過ぎだった。最後の授業が終わるまであと三時間ほどもある。第三の疑問は彼女の親に対するものだ。保護者としての意識はどうなっているのか。

他愛のない会話をしたり交換でゲームをし合っているうちに、じゅんこの姿は消えた。友達を迎えるために移動したのか、ふと目を話した拍子に屋上からいなくなっていた。

不思議な女の子であった。

気にしていても仕方ない、と忘れようとしていたのだが一週間と経たないうちに、再びじゅんこは屋上に現れた。週に一、二度現れるようになった。「友達に会いに来た」と言い、ふと目を離した隙に消える。このパターンは変わらない。間に挟まるパンおねだり攻撃も変わらない。

友達が誰なのか、どういう関係性なのか。

知りたい欲求はあった。その友達を訪ねじゅんこの生活環境について聞きたい思いもあった。

けれど一方で、屋上内における深く詮索し合わない関係性にもまた、心地よさを覚えていた。じゅんこと顔を合わせるほどに、にらめっこしたり脇腹をくすぐり合ったりする子ども相手ながらの遊びがすこし楽しくなっていた。


屋上に現れた2人目の客は、牛だ。

正確に言えば「顔が雄牛の奴」だ。ミノタウロスみたいなものだ。2人目、という言い方にも自信は持てない。

アイフォンから顔を上げたとき視線の先に彼は立っていた。フェンスの向こうで俺に背を向けタバコを吹かしていた。スーツを着、背筋もぴしっと伸びていたが首から上は明らかに牛だった。

「変なのがいるっ」

俺は思わず声をあげた。

隣にはじゅんこがいた。

「どうしたのにいにい」

「じゅんこあそこ見てみ、牛が立ってるぜ」

「牛さん?」

「そう牛、さん」

「知ってるよ」

じゅんこはそれがどうしたの、という至って平穏な顔をしていた。

「知ってたば」

「だってずっと前からいるさ」

「いつから」

「最初っからさ」

牛もおかしいがこの子もおかしい。

俺は改めてじゅんこに違和感を抱いた。牛の顔をした二足立ちスーツ姿の生物に気づいていていながらそれを口に出さなかったこと、とくに驚く様子もないこと。アイフォンの電話機能の方がよっぽど驚いていた。

ひとまず立ち上がると俺は牛に近づくことにした。

フェンス手前まで寄ると彼の方向から煙が流れていることに気づいた。タバコを吸っているらしい。おそらく頭は被りものだろう。いや、そうとしか考えられない。被りものでなくてなんだというのだ。

問題は誰がなぜ、高校の屋上で牛の被りものをして一服吹かしているのか、ということである。

スーツ姿で。

頭を働かせてみる。理由がまったく思いつかない。唯一思いつくのは「気まぐれ」という答えである。詳しく言うなれば「変態の気まぐれ」である。

フェンスをよじ登り更なる接触を試みる。金網の揺れる音に振り向くこともなく牛は煙をむさぼっている。横に立つと、ようやく顔を向けてくれた。

「なんだ?」

用でもあるのか、というイントネーションであった。

牛は、牛だった。まばたきをし、声に合わせて口が動き、野性的な臭さが煙に混じり鼻を突く。首の付け根まで見紛うことなく、牛だ。

俺はふらつきかけた体を自制心で抑えた。屋上の縁でふらつくのはまずい。脚に力を込める。その代り腹が痛くなった。不安の塊が腸を刺激する。

「やーは、なんだば」

俺は根本的な問いかけをした。

「なにって聞かれても。牛だな。牛としか答えようがない。見ればわかるだろ」

「牛がなんで……タバコ吸ってる」

なにから聞けばいいかわからず、変な質問をしてしまう。

「喫煙者だからだよ。タバコが好きなんだ」

「牛……だろ」

「だから、言ってるじゃないか。見ればわかるだろ」

「……牛がタバコ吸うなよ」

「君に言われる筋合いはないよ。高校生だろ。胸ポケットにキャスターが見えてるぞ。未成年が喫煙しちゃまずいが、牛が喫煙しちゃいけないって法律はないはずだ」

牛に喫煙を窘められるという異常な展開になり、腸に発生した不安の塊はますます大きくなる。刺激に耐えきれなくなり、

「ちょっとタンマ。トイレ行ってくる」

一旦場を離れることにした。

トイレから戻ってきたときには牛もじゅんこもいなくなっていた。種類のわからない鳥が上空を飛ぶばかりだ。


初めて牛と対面した夜、牛のことが頭から離れなかった。夕食のチンジャオロースにも箸が進まなかったし、コーヒーにミルクを入れる気まで削がれた。やけに水を飲んで

しまった。

自室に籠ってもなにもやる気が起きず、かといって眠気も来ないのでインターネットへと対峙した。ユーチューブで歌やコントに触れるが牛が頭に住みついている。ツイッターのクジラでさえ牛に見える。

牛について調べることにした。

ああいうやつがいるのかもしれない。

自分でも無理のある考えだとはわかっていたが、俺は現実主義者であると自負していた。幽霊も宇宙人もいない。神も仏もいない。ネッシーもツチノコもいない。ましてや喋る二足歩行の牛などいるはずがない。

世の中広いんだからああいう「人間」が一人くらいいてもおかしくないんじゃないか。例えば、とんでもなく牛に似ている奴だとか。牛に憧れて牛っぽく整形した奴だとか。いや、それだと余計に非現実的か。まだ妖怪だと言われた方が納得がいく。では特殊メイクという考えはどうだろうか。それにしても技術がいき過ぎているとは思うが、米軍の最新技術なら駆使する理由もわかる。迷彩のさらに上をいく隠れ身方法である。いや、あいつは流暢な日本語を喋っていたし、基地から抜け出し高校の屋上に佇む意味がわからない。

俺の頭は混乱しながらも、ネット画面にはひとつ、回答が提示されていた。

画面が出した答えは「妖怪」である。

サイトには説明文が載っていた。その妖怪の正体に、俺は鳥肌を立てた。


次に牛が屋上に姿を見せたのは一週間後である。

俺はじゅんこと食べ物をテーマにしりとりをしていた。

「パパイア」

「パパイアじゃなくてパパイヤじゃないか」

じゅんこへと苦言を呈する。

「パパイアだよ、なに言ってるにいにい」

「そうか」

子ども相手に向きになっても仕方ないのですぐさま折れる。

「パパイあ、か。アーサ」

俺に続いて、

「サーターアンダギー」

じゅんこが意気揚々と答える。

「ギ？　イ？」

「どっちでもいいよ」

「じゃあ、イラブチャー」

「ヤ？　ア？」

「どっちでもいいよ」

「なんにしようかな。……ヤギ！」

随分と沖縄らしい流れになっていた。

「ぎ、か。ぎ……」

続く言葉が見つからず悩んで顔を上げたとき、彼の姿に気づいたのだ。例の位置に突っ立ち、例の如くタバコを吹かしていた。見た目に違わず肺活量が多いらしく、煙の量も尋常ではない。牛のゲップが地球温暖化の原因になっているなんて話を聞いたことがあるが、煙により肺活量が可視化されるとそれも頷ける。

「ぎ、牛肉」

「にいにい、それ沖縄関係ないよ」

「そんな縛りなかっただろ。てかよじゅんこ、また牛がいるぜ」

「牛さん？　さっきからいたよ」

じゅんこは先日とまったく同じ反応である。

この機会を逃すわけにはいかない。

俺はじゅんこを放って彼の元へと足を運んだ。

「ひさしぶり」

自分から声をかけてみる。「なにげなさ」を意識したが、やはり不自然だろうか。

「そうか？　一週間前に会ったばかりだろ」

変なところに突っかかる男である。というか、雄と言えばいいのか。

「俺よ、多分やーの正体わかったぜ」

「俺か？　俺の正体は牛だよ」

「だろうけどよ。牛っていっても、牛の妖怪だろ」

牛はなにも答えなかった。言葉ではなく大量の副流煙が口から発される。喫煙者の俺にも耐えがたい臭いと量だ。

「なに吸ってるば」

「タバコ」

嫌な奴である。

「わかってる。銘柄よ」

「デス」

俺はつい笑ってしまった。

「死神ご愛用タバコの銘柄が、デスか」

「そうです」

ダジャレのつもりだろうか。ここでは笑わない。意地でも。

しかしこの返事によると、自分の正体が死神だということも認めたらしい。

インターネット検索で辿り着いた先は、沖縄の妖怪を紹介するサイトだった。キジムナーやシーサーに並び、牛の姿をした妖怪についても記されていたのだ。

龕の精、という妖怪であった。龕とは棺桶を乗せる輿のことである。その精となれば、つまりは死神を意味する。この妖怪は牛の姿をしているという。

「死神がデス吸うって、カッコつけすぎじゃないか」

「わかりやすくていいだろ」

「キャラクター設定ってやつか」

「好かれたいんだよ。デスノートの出演を狙っているんだ」

「あの漫画はもう終わっただろ。誰を迎えに来たば」

「答えると思ったか」

「ふたり思い当たる人物がいるばあてな」

彼が屋上に現れ出したことを考慮すれば、推測は容易である。

ターゲットは屋上付近にいる人間ということだ。

今のところふたりしか思い当たらない。

「じゅんこか、俺か」

「なるほど」

「どっちだば」

「さあ。どっちだと思う」

「わからない。でも、俺であってほしい」

「どうして」

「俺は別に死んでもいいから。でもじゅんこはまだちいさいやっし。楽しく過ごしているみたいだし、長く人生を送ってほしいな」

「君は死にたいのか」

「そういうわけじゃないけど。生きることへの執着心はないな」

「勘違いするなよ青年。俺は死の世界に引きずり込もうという魂胆でここに現れたわけじゃない。死ぬべくして死ぬ人間を、死後の世界に連れていくために迎えに来たんだ。死後の世界への案内役なんだ。これから誰かが死ぬ。それは俺の意志とは関係ない出来事だ。君の意志でもどうにもできない。君が身代わりを希望して自殺したところで、他の人間が死ぬ運命がすでに待ち構えているのなら、それを止めることはできない」

「俺以外の人間が死ぬってことか」

「そうは言っていないよ。もっと現代文を学べ」

フェンスが激しく揺れる音がし、俺はびくついた。危うく縁の外へ身を乗り出すところだった。

振り向くとじゅんこがいた。金網を掴んでだだをこねている。

「にいにい、しりとりの続きしよう。今度は飲み物で」

「テーマの幅狭くないか。ちょっと待って。まだ話したいことあるから」

と顔を戻すと、死神は消えていた。残り香の濃い煙がさよなら代わりに俺の顔を覆った。

元バンドメンバーと元カノはお喋りしたり学食のパンを食べ合ったり、門から出ることもなくしばらく戯れていた。木陰に隠れてキスまで始めやがった。男は腰から下半身のスカート内に手を差し込み、ついにはペッティング状態である。あんなにノリノリな元カノ華菜子を見たことがない。つまらなかったセックスを思い出す。コンドームを着けるのに苦労した。負け犬の言い分である。つまらなさを越えようと必死だったはずだ。お互いに?

華菜子の顔を思い出せない。目を細め、遠目に眺めながら思い出そうとするが無理だ。思い出したくないだけだろうか。俺は、嫌な過去を忘れるのは人一倍うまいみたいだ。バンドメンバーたちの顔も忘れている。血液型とか誕生日だとか、覚えているのは記号的なことだけだ。

怒りに震えたいところだが、そんなことより死神に倣って俺もタバコを吹かしたい。一本咥えるとライターを手に取る。ちいさい子どもへの危険を考慮したややこしい着火方法に、いまだに手間取ってしまう。コンビニに行っている間にじゅんこがライターで遊んでいたときには、邪魔にしか思っていなかったチャイルドロックも役に立つんだなとひと安心したものだ。服にでも着火して燃え盛ったりしたら、死ぬべくして死ぬ運命を俺が導いたことになってしまう。悲劇では済まない。

「ひさしぶり」

「そうか？　三か月前に会ったばかりだろ」

「三か月会わんかったら久しぶりだろ」

今日、本当に久しぶりの死神との対面であった。

「なんで三か月も来なかったば」

「まあ、前は様子見に来ただけだからな」

「様子？　誰の」

「だから、俺がそれに答えると思ってるのか」

「いまは」

「いまは……」

「誰かが死ぬ運命が、かなり間近に迫ってるってことか」

「勉強できないわりになかなか賢いじゃないか」

「勝手に勉強できんって決めつけるな」

「できるのか？　気力のない、学校の授業にさえ出ない学生が」

「できんけどさ」

死神に聞きたいことは沢山あった。けれど聞いても核心に迫る答えは返って来ないだろう。それに、運命が決まっているのなら聞いても仕方がない。

黄昏時だった。もう学校の部活動も終わる時間だ。だらだらと屋上に長居してしまった。

眩しい光もまどろみだし、オレンジの味深そうな色が空に浸透している。カラスも鳴き出し、良くできた夕刻が演出される。

音が流れだした。ピアノの音だ。音楽の伊波先生が先ほどのサマータイムに次いで、再び演奏を始めた。

打って変わって軽快な音色である。童心に帰るような、無垢な心で世界に向きあっていたあの頃を彷彿とさせる曲調。じゅんこの顔が思い浮かぶ。頭の中で幼き日の俺とじゅんこが遊び始める。

聞いた覚えのある曲だった。アプリゲームに夢中になって聞き流していたが、先週も、いや、その前も同じくこの屋上で耳にしている。先生のオリジナルの曲だろうか。湧き出る感情が素直に、ストレートに伝わってくる。俺は胸を打たれた。

同時に、またも自分が情けなくなった。

伊波先生は御年配である。六十は悠に超えているはずだ。それでいてこのような、純粋で混じりっ気のない音楽が生み出せるのだ。感情が生きているのだ。俺はまだ二十手前だというのに、完全に負けてしまっている。表現力だけでなく、表現意欲の点においても。

やがて、学校の近くを戦闘機が走って来た。米軍から飛び立ったものだ。この時刻に通過することが多い。

飛行音と振動とで校庭の活気も演奏もかき消されていく。戦闘機が側まで来たとき、ピアノの音は完全に聞こえなくなった。

俺は耳を済ませ、気づいた。消されたのではなく、消したのだ。機体の音、揺れが一帯を包んだとき、伊波先生は鍵盤から手を離し演奏を中断した。

この前もそうだった。確か、ちょうど一週間前だった。伊波先生のこの曲のこの演奏が始まり、途中で中断した。

けど……。

戦闘機が過ぎ去ると、しん、と静まり返った時間が流れる。校庭から部活動では飽き足らず球を転がし続ける男子達の掛け声が聞こえる。まだ少し体が、血が揺れている感覚が残っている。内臓がざわついている。

血液の波紋が治まった後、
しばらくして演奏が再開される。

曲調は一変する。さっきの曲と繋がっているのかいないのか、今度は悲壮感に満ちた演奏が始まる。まるで何物にも太刀打ちできないような、世界に取り残されたかのような、ひとり廃墟に佇んでいるような、不安と哀しみに彩られた音色。

一緒だ。

先週のあの日と、同じ展開だ。

しかし、唯一つ違う点もある。先週は、戦闘機の通過などなかった。特に目立った騒音もなかった。先生は周りのうるささに演奏を中断したのではなく、元々、演奏を途中で一旦中断させる意図があったのだと考えられる。なぜだろう。

泣き声が耳に入ってきた。背後で誰かが涙と鼻水を啜っている。振り向くと、フェンスの向こうにいつの間にかじゅんこがいた。じゅんこはぼろぼろと涙を零していた。

どうしたばじゅんこ。なんで泣いてる。大丈夫か。

喉まで出かかった慰めの言葉だが、声にならなかった。

じゅんこの姿はあまりにも切なく、俺みたいなちっぽけな人間が立ち入ってはいけないような気がした。


演奏を聞いた翌日、俺は音楽の授業だけは出るつもりだった。

あの曲を弾く人間の顔を改めて見てみたい気持ちが湧き起こったのだ。白髪が後ろで結ばれた、年の割にお洒落な風貌である。紺色のスーツも死神に負けず立派である。音楽に携わる人間らしい。

受験対策用に音楽家の名前や歴史などを覚えさせるもので結局は退屈な授業内容であるが、久しぶりに伊波先生を見て、顔色の変貌ぶりに気づかされた。身なりは整えられているが、顔色の疲れは隠せない。瞳がちいさくなったのかと見まがうほど、精気に乏しい。

死の臭いを感じさせるほどに。

クラスメイトたちのおしゃべりがやまない。何何買いにいこう、終わったら何組のなんとかに会いにいこう。音楽室中がざわついている。やっべー、しにおしっこいきてー。誰かが生理的欲求を主張する。

俺の記憶にある伊波先生は、こんなとき「静かにしなさい」と低く重い声で一括して生徒たちを黙らせていた。静まり返った後に「動物園じゃないんだから」と付け足す口癖があった。

今日はその言葉を発さない。おしゃべりがまるで耳に入っていないかのように、淡々と授業を続けている。前に比べ、少ない声量。昨日に比べ、覇気のない課題曲「マイウェイ」の演奏。

もうすぐ死ぬ人間の様子をうかがうため、死神がやって来た。死神は学校の屋上で佇んでいる。屋上にたむろする人間は二人だ。けれども、目ではなく耳で人の様子をうかがうこともできる。

屋上のすぐ下にも、一人の住民がいるのだ。

「なるほどな。それが君の推理か」

俺になんてまったく気のない素振りで、心地良さげに大量の煙を吐き出す。死神の夕バコの吸い方は実に旨そうで、酸いも甘いも知り尽くしたかのような大人の男の哀愁さえ漂う。

「どうだば」

「面白いな」

「感想じゃなくてさ」

「解答はないぞ」

「またそんな感じか……。じらすよな」

「じらしているつもりはない。濁しているだけだ」

死神は俺の方に顔を向けると、あからさまに煙を吹きかけてきた。煙に巻く、という慣用句を体現しているつもりだろうか。

咳き込む前に手を振り、慌てて煙をかき消す。

「大体、そんな推理を得意げに披露して、探偵でも気取っているのか。まだまだ子どもだな」

「……でーじムカ着火」

「でーじむかちゃっか？」

怪訝な顔で見つめてくる死神だが、ムカ着火の説明はおあずけだ。

「人の生死が関わっていて、その上自分とも関わりのある人物ってなったら、そりゃ気になってしまうさ。探偵気取りたくもなるやし」

「そうか……。そうかもな」

「興味本位に首突っ込んでるみたいな言い方やめれ」

「お遊びではないと」

「人の生死では遊べんよ」

「自分の生には執着心ないのにか」

まあ……、そうは言ったけどさ。

「熱くなってきたじゃないか」

「茶化すなよ」

「惜しい線までいっている」

「惜しい？　間違ってるば」

「頭の中で考えているだけじゃダメだな。足で稼げ。聞き込みってやつだ」

「なんかそれ。探偵ごっこを後押ししてくれてるば」

「今度は警察ごっこだ」

「なんでやーに指示されんといけん……」

といいながらも俺は、幾分の成果を感じていた。死神は、完全に隠すつもりはないようだ。核心に近づいたためか、次の一手を提示してくれた。

「聞き込みか……」

迷った挙句に、軽く敬礼のポーズをつくってみた。「やってみるかな」という意思表示である。

死神はポーズを決める俺を一瞥するとすぐさま顔を背け、新しい一本を取り出した。


ドアに耳を傾ける。多人数のざわつきはない。いまは授業で使ってないようだ。

「失礼しまーす」

ドアを隙間ちいさく開けるが、人がいる様子はない。威厳をまとったベートーベンやバッハが睨みをきかせ見下ろすばかりである。音楽室に足を踏み入れると、そろりそろりと移動する。

音楽室ほど余韻の感じられる教室はない、と俺は思っている。理科室も家庭科室も視聴覚室も数時間使わないだけで人気が蒸発しきって酸素も薄くなるが、音楽室は別だ。室内に飛び交った音符たちは、居心地良さげにいつまでも住み着いている。

いまもそうだ。

……まだ、俺はそう思えるのか。音楽を楽しめなくなったはずなのに、幼き頃からのこの感覚を忘れずにいる。

「誰かいますかー。せんせー」

やはり返事はない。

伊波先生に話を聞きたかったが、不在のようだ。ピアノの上には教材や手帳に混じり、何枚かの楽譜が置かれている。

俺は手に取ると、一枚ずつ目を通してみた。一目見て脳内再生できるほどの読解力はないが、大体の曲調は想像できる。これは違う、これも違う、これはてんとう虫のサンバとタイトルが入っているので明らかに違う。今更どう授業内容に活かすのだろうか。

ん……あっ、これじゃないか。

一通り目で追って確認してみる。うん、間違いなさそうだ。屋上で俺の心を捕えた曲である。計三枚にも渡る楽曲だ。

異様な楽譜である。

何十年も前に書かれたのではないか。日に焼けて、茶色く焼けた紙の質感。楽譜は五線譜から芯の硬い鉛筆で丁寧に描かれている。他の手書きの楽譜とは字が違うので、描いたのは伊波先生じゃないのかも。

ひときわ目をひくのが、音楽の中盤の部分である。真っ黒く、書きなぐったかのように塗りつぶされているのだ。黒い闇は約一枚分にも渡って続いている。憎き相手を抹消しようとする、抉りとらんばかりの乱れた筆致である。

伊波先生が鍵盤から手を離したのはこのためか。弾かなかったのではなく、弾けなかったのだ。塗りつぶされ読み取れなければ対処の仕様がない。

どんな調べが隠されているのだろう。

塗りつぶされた箇所の後に、打って変わった悲壮感漂う曲調が続く。俺は楽譜に不吉な印象を抱いた。同時に、これから訪れる誰かの死に関わっているような気がした。

試しにアイフォンのカメラで撮ってみるが、画面に収めるとちいさすぎて読めない。

印刷室でコピーしよう。楽譜を指につまんだまま音楽室を出ようとドアを開けると、

「お、おぅ、あれ。やさぐれ君じゃないか。珍しい」

や、やさぐれ君……？

伊波先生と鉢合わせた。

「やさぐれ君ってなんですか」

「あ、いやね。えーと、職員室でそう呼ばれていてね」

「誰が」

「その、ね。そりゃあ、さ」

俺か。

ショックだ。なんと舐められきった、ださいあだ名だろう。


「さて、やさぐれ君」

ショックを受けた顔は見てもらったはずだが、伊波先生はこの呼び方を変えるつもりはないらしい。音楽教師としての拠点、ピアノの椅子に腰掛けたまま当然の疑問を投げかけてくる。

「どうしてその楽譜を手にしたまま出ようとしたの」

俺は例の楽譜を先生の前に掲げた。

「これ……ですか」

我が言動ながらしらじらしい。

「そりゃ、そうでしょ」

「興味を持ちまして」

「は」

「あの、俺が屋上にいるときに、」

「よく屋上にいるみたいだね」

「え、あ、はい」

とっくにばれていたのか。職員室で話題になっているのか。

「うん、ま、それはいいとして。それで」

意地悪である。

「伊波先生が弾いているこの曲が聞こえてきたんです」

「興味をもった、と」

「はい」

「良かった？」

「ええ、感銘を受けました」

とっさの回避行動における口からでまかせ、ではない。俺は、嘘はついていない。

「で、盗もうとしたの」

「違います。ただ、コピーをしたいなと」

「許可もとらずに」

「それは……すみません」

それは、すみません。

先生は腕を組み、背を大きく凭れかけた。ふむ、と小首を傾げている。

「この曲に興味を持ってくれる子もいるんだね」

「先生、いま、時間は大丈夫ですか」

「ん。いいけど、やさぐれ君、授業はどうしたの。授業時間中でしょ」

「大丈夫です」

「大丈夫ってことはないでしょ」

責めの口調ながらも伊波先生は笑っていた。

「教えてほしいことがあって」

「なんだろう」

「曲のことです」

「やさぐれ君が手放してくれない、その楽譜のこと」

「あっ」

慌てて先生へと戻す。

「すみません。ありがとうございます」

言葉も慌ててしまっている。

「まあまあ、いいんだけど。この曲がどうしたの」

「その曲は……どんな曲なんですか」

「へ」

ずいぶん大雑把な質問をしてしまった。発した言葉通り伊波先生の口もへの字に曲がっている。

「もうちょっと質問を狭めてもらえるかな」

その通りだ、落ち着こう。曲については数点、聞きたいことがある。ひとつずつ尋ねるのだ。例えば、

「その曲は、誰が作った曲なんですか」

「作曲者か。私の妻だよ」

「先生の奥さん？　音楽してるんですか」

「幼稚園から音楽大学まで同じ幼なじみでね。家でピアノ教室を開いていたよ」

開いていた？　過去形か。

「かなり前に描かれたようですけど」

「私と交際し始めた翌年に彼女が作曲したものだから、もう五十年近く前になるね」

半世紀か。かなり古い。

「どういう情景を意識して作ったのかわかりますか」

「これはね、妻の幼き頃の、とある一日を表しているんだ」

「とある一日?」

うーん、と下唇を噛み締めながら伊波先生は俺の目をじっと見つめた。

「そういえばやさぐれ君は、去年の学園祭でバンドを組んでいたね」

「はい、見てましたか」

「ギター弾いて、歌ってもいたね」

「交代制のボーカルでやってました」

「そうか、音楽が好きなんだね」

はい、と返事したいところだが、喉がつっかえる。

「生徒に話すようなことじゃないんだけど、やさぐれ君には言ってもいいかな」

俺を同志と見なし、伊波先生は心を開いてくれたようだ。はがゆい。

「妻は六歳のとき、片親だった母を亡くしたんだ。曲は死別を迎えた一日を描いていてね。母親の死因は、自殺だよ。まったく予兆など感じていなかったらしい。妻にとっては、突然の出来事だった。発見者も妻だよ。学校から帰ると、首を吊る母親の姿を目の当たりにしたんだ」

片親との死別。この曲は、そんなにも悲しい物語を描いていたのか。ということは、後半の物悲しさは、母の死を知ったあとの心情か。

「この黒く塗りつぶされた箇所にどんな音が隠されていたのか、わかりますか」

「妻から聞いたよ。でも、簡単には教えたくないな。やさぐれ君も、音楽に携わる人間でしょ。自分で考えてみなよ。これは先生からの課題です。いい答えが出せたら、成績にプラスしよう。他の生徒には内緒ね」


トマトに砂糖が合うか合わないかなんてたわいない言い合いをしているときだった。

「あたしたちって合わないのかもね」

笑顔を保ちながらも華菜子の口からぽろっと零れるつぶやき。

多いな。最近、隙あらばこのようなセリフを投げかけてくるなと思いながらも、俺はスルーを決め込んでいた。自分自身の心に対しても、気づかないふりをしていた。彼女のセリフに深い意味はない、と言い聞かせて。

しかし、とっくに手遅れだったのだ。

初めてこのセリフが発せられたのは、女優のなにがしが可愛い、なんて俺がＣＭを指差したときだった。

「え、そうね」

「顔だけで言ったら一番やんに」

「わからん。確かに整ってはいるけどさ、その辺探したら見つかりそうな顔じゃない」

これに続けて「あたしたち合わんのかもね」である。

ん？　と眉を傾げるくらいには違和感をもったが、ま、よくあるカップルの言い合いに過ぎないよな、とすぐさま忘れることにした。多少の言い合いができてこそ仲良き証拠でもある、と。

でも、この時点で彼女はすでに、俺との距離をとろうと決意していたのだ。今日は無理だから、と彼女に拒まれたその夜に、せめて、もっと真剣に向き合っていたらなにか変わっていたのかもしれない。

友達の家で女子会があると華菜子は出かけ、その後に会おうという約束の時間になっても連絡さえつかなかった。遅くなる場合、連絡を寄越すように話している。メールの文面はかつてより無愛想になっているものの、これまで彼女が怠ったことはなかった。イライラして何度も電話して繋がらなくて、また電話して繋がらなくて不安になって、わけのわからない焦燥感に駆られて、もうとにかく誰かと会話がしたくて、仲のいいと思い込んでいたバンドメンバーのタケルに電話したのだ。部活もバイトもやってない、深い眠りについているとき以外は電話をとってくれる都合のいい相手だ。

コールが鳴る。

繋がった。と、ひと安心したのも束の間、二コールほどでぶつり、と途絶えた。

向こうから切ったのだ。

こんな仕打ちは初めてだった。目覚めさせてしまった寝起きでも、彼は必ず対応してくれた。

いつもは俺を受け入れてくれるはずのふたりが、続けざまに拒んでいる。

偶然か、いや……。焦燥感が、俺を鈍い世界から追い出そうと背中を強く押した。

そして、やっと思い至ったのだ。思い至れば一瞬のひらめきであった。気づかないようにしていた心のたがを外せば、あれもこれもの伏線を一気に回収できてしまう。タケルの話題でやけに盛り上がったあの昼食時の華菜子の笑顔や、なぜか華菜子の誕生日を知っていたタケルの帰り道での発言や、爪をいじる華菜子の仕草にタケルっぽさを見いだしたあの夕暮れや、華菜子が密かに好いていた歌手の歌をタケルが口ずさんだあの引き潮時や……。

俺はジャズカフェへと歩を進めていた。脳が指示を出す前に、勝手に足が動いていた。タケルが思いつきそうな、女の子も連れ添えそうな安易なおしゃれスポットだ。

店の窓越しに、談笑するふたりの姿を見つけた。華菜子の含みをもたせた微笑みが懐かしかった。俺との付き合い始め以来、約一年ぶりに見られた思わせぶりな瞳が、タケルへと向かっている。

終わりだ。

さよならだ。

次の記憶は、簡易ホテルのベッドの上である。時計の針は半日も進んでいた。アイフォンを覗くと華菜子からたくさんの着信やメールが届いている。大丈夫？　どうしたの。どこに行ったの。なんであそこにいたの。びしょ濡れだったけど風邪ひいてない。

どうやら、俺の姿に向こうも気づいたようだ。追いかけたが、俺が姿をくらませたらしい。

逃げたのだろうか。自分でも覚えていなかった。

雨が降っていたのも、呼びかけられたのも追いかけられたのも、アイフォンが鳴りっぱなしだったのも記憶にない。

女を友に奪われたくらいで、俺は脳が麻痺してしまったのだ。

幼き日に片親の自殺を目の当たりにした衝撃は計り知れない。だが、曲から推測はできる。楽譜の塗りつぶされた箇所から後半にかけての部分は、この出来事を物語っているわけだ。

黒い闇は、なにかを隠したり、抹消したわけじゃない。

元から、この曲の完成系としての一部なのだ。

幼い少女が放り出された、すべての音がついえたひとりぼっちの世界が、闇が、まさに無音として描かれている。

幼くして立ちはだかった、先の見えない孤独だ。

「どうですか」

自室で天井のシミと対峙しながら考えた推測を伊波先生へとぶつける。もちろん、自らのみじめな体験談は横に置いたままだ。推測の元にはなったが、比較にはならない。

「見事だよ」

伊波先生は、苦笑まじりに感嘆を表した。

「家の中がぐんぐんと広がっていって、気圧に鼓膜が圧迫されて、なにも聞こえなくなって、そして、気絶したって言ってたよ。

無音に続くのは、徐々に沸き上がって来た怒りだよ。理由も告げずに勝手に死んでいった母親への怒りを描いているんだ。幼き女の子はもう、怒るしかなかった。

医者に余命を宣告されてからの妻は、実に穏やかになってしまった。怒り続けていた母親に対しても、また会えることを楽しみにしていてね。抱えていた悩みを聞いて、慰めてあげたいなんて言っているんだ。

僕は、僕が妻に執着しているように、妻にも生に執着してほしくてね。引き出しの奥からこの楽譜を取り出したんだ。練習して聞いてもらって、この曲を作ったあの頃のきもちを忘れるなって伝えたくてね。

でも、酷だね、この曲は悲しすぎる。長くてあと二か月と言われた。心荒れたままに妻を死なせるわけにはいかないね。僕も、そろそろ覚悟を決めなきゃいけない」

音楽の成績は心配しなくていいよ、と先生は付け加えてくれた、ありがとうございます、と俺は深く頭を下げた。

成績のことだけじゃない。音楽への興味が、また芽生え始めている。

屋上に戻ると、じゅんこの姿があった。手を振って待ち構えている。

「にいにい、遅さよ。どこ行ってた」

「授業受けてたさ」

「ゆくさー」

「音楽の授業を受けてたよ、ちゃんと」

「にいにいらしくないね」

「じゅんこ。じゅんこが迎えに来たっていう友達について聞いていいか」

「いいけど、教えたらパン買ってよ」

「おけい」

学食で売られているやきそばパンはじゅんこの好物である。

「友達の名前はなんていうば」

「ヤっちゃんだよ。家にあるピアノ弾かせてくれるんだよ」

「そんな、あだ名で言われても。名字は伊波か」

「うん。え、にいにいなんで知ってるの。にいにいも友達ね」

「友達っていうか、恩師かな」

「おんし？」

「まあ、友達かな」

「へー。じゃあ今度みんなで遊ぼうか」

なんと答えたらいいものか。俺は言葉に詰まってしまった。

じゅんこの腕を掴む。温かい。血が流れている。生身の人間の感触だ。

「にいにい、なんか悲しそうだね」

「そうかな……」

俺はじゅんこを引き寄せると、抱きしめた。強く、抱きしめた。髪の毛が口に絡まる。頭皮の匂いがする。人間じゃないか。女の子じゃないか。

生きてるんだろ。

「どうしたの、にいにい」

「なんだろうな。じゅんこが可愛いんだろうな」

「変なの」

変だ。まったくもって変だ。俺は涙を堪えている。動かなかったはずの感情が昨日今日で一気に溢れだした。切なさ悲しさ、感動、感謝。

「にいにい、ちょっと痛いよ」

「ごめんな」

じゅんこの体を離す。向こうに死神の姿が見える。

「また来てるな」

「誰？　牛さん？」

「うん。じゅんこは牛さんとどういう関係なの」

「友達だよ。一緒に来たんだよ」

「どこから」

「どこって……。あれ、どこだっけな」

じゅんこは首を傾げた。ところどころ記憶が飛んでいるようだ。


「今日でお別れだ。君と話すのもそれなりに楽しかったよ」

死神は最後までいけすかない言い方をする。

縁からふたりで眺める景色もこれで最後ということだ。

「俺が死ぬときには来ないばー」

「俺たちみたいなのは何十人もいるんだよ。沖縄だけで一日何人の人が亡くなると思ってるんだ。たまには新聞も読みな」

「そうだな」

「今日はやけに素直だな」

「素直じゃなくて正直だばあてな」

「なるべく俺が担当できるように動くよ」

「担当って。人の死を雑務みたいに」

「俺らにとっては仕事なんだよ」

「大変な仕事だな」

「もう、俺たち行くぞ。思い残すことはないか」

「やーにはないけど、俺たちってことは、じゅんこもか」

「気づいたか」

「気づくさ、そりゃ。でも早くないか。だってまだ伊波先生が……」

「いや……」

首を振りながらタバコに手をやる死神だったが、切れていたらしい。指を一本立てるとねだってくる。

「キャスターでいいのか」

「デスなんて、縁起が悪いだろ」

こいつはいつまでハードボイルドを気取るつもりだろうか。

煙を吐き出すと、

「しっかし、甘ちゃんの味がするなあ」

と文句を垂れる。

俺は聞き流す。

「そう、か。……たまには授業も出てみようかな」

「勉強しろ、勉強」

「そうだな」

「やっぱり今日は素直だ」

「まだ思い残すこと、あります。じゅんことした大事な約束があって」

「なんだ」

「焼きそばパン買ってあげんと」

「早くしろ」

「あと、もう一個約束したことがあって」

「なんだ。ゼブラパンか」

「それは俺が食うやつな。そうじゃなくて『黒い色のもの』ってテーマでしりとりもしないと」

「デス」

「いや、やーとするつもりはない。するか」

「三人でか。それもいいな」

よくできた話で、そのときタイミング良く空を飛ぶカラスがひと鳴きした。別れのときは近づいていたが、俺の心は清々しかった。死神との出会いをきっかけに、俺は生きる気力をもらったようだ。

あとがき

小説を書く際にはまず、構成とコンセプトをつくります。どう場面を繋いでいくか、そして小説全体にどのような意味合いを持たせるか。文学賞に応募する場合はこの点をさらに、強く意識します。コンセプトを言いかえれば、テーマや新しさといったものです。これが出来上がったのち、文章を書き始めます。

文章を書き出す前には、きっと面白みのある小説が出来上がるだろう、と思っています。なにせ、すでに構成とコンセプトが固まっているのだから。けれどいざ書きだすと、徐々に自信を失っていくのです。こんな文章の流れで本当に読みやすいテンポが保たれているのだろうか。そもそも、こんなテーマで読む人を引き付ける魅力や新しさがあるのだろうか。このシーンに込めたメッセージは、伝わりづらくなっていないか。自問自答しながらどうにか書きあげた小説は、結局自分では判断のつかない得体のしれないものとなります。自分の書いたものがぼやけて見え、誤字脱字にさえ気づかなかったりします。一方で原稿から離れ買い物に出かけているときに、ふと「あれ誤字じゃなかったっけ」と気付いたりします。ある種の、軽い遠視のようなものでしょうか。自らの小説を客観的に捉えるのは難しいです。

選考委員の先生に受賞作として選んでいただくことは、この上ない喜びです。書く意味があったのだなと、自信を取り戻すことができます。今後とも書き続けていこう、と気力が湧きます。

佳作受賞、本賞受賞の際の選考委員の先生の言葉は、ずっと心に残っています。その作品限りのものではなくて、今後書き続ける上での貴重な評です。この意義を決して忘れることなく、また新たな小説へ挑戦していきたい所存です。

この度は、小説二作品を書籍として製本していただき大変光栄に思います。沖縄タイムス社の方々に深く感謝します。

新沖縄文学賞歴代受賞作一覧

第1回（1975年） 応募作23編
受賞作なし
佳作：又吉栄喜「海は蒼く」／横山史朗「伝説」

第2回（1976年） 応募作19編
新崎恭太郎「蘇鉄の村」
佳作：亀谷千鶴「ガリナ川のほとり」／田中康慶「エリーヌ」

第3回（1977年） 応募作14編
受賞作なし
佳作：庭鴨野「村雨」／亀谷千鶴「マグノリヤの城」

第4回（1978年） 応募作21編
受賞作なし
佳作：下地博盛「さざめく病葉たちの夏」／仲若直子「壊れた時計」

第5回（1979年） 応募作19編
受賞作なし
佳作：田場美津子「砂糖黍」／崎山多美「街の日に」

第6回（1980年） 応募作13編
受賞作なし
佳作：池田誠利「鴨の行方」／南安閑「色は匂えと」

第7回（1981年） 応募作20編
受賞作なし
佳作：吉沢庸希「異国」／當山之順「租界地帯」

第8回（1982年） 応募作24編
仲村渠ハツ「母たち女たち」
佳作：江場秀志「奇妙な果実」／小橋啓「蛍」

第9回（1983年） 応募作24編
受賞作なし

佳作：山里禎子「フルートを吹く少年」
第10回（1984年）応募作15編
吉田スエ子「嘉間良心中」
山之端信子「虚空夜叉」
第11回（1985年）応募作38編
喜舎場直子「女綾織唄」
佳作：目取真俊「雛」
第12回（1986年）応募作24編
白石弥生「若夏の訪問者」
目取真俊「平和通りと名付けられた街を歩いて」
第13回（1987年）応募作29編
照井裕「フルサトのダイエー」
佳作：平田健太郎「蜉蝣の日」
第14回（1988年）応募作29編
玉城まさし「砂漠にて」

佳作：水無月慧子「出航前夜祭」
第15回（1989年）応募作23編
徳田友子「新城マツの天使」
佳作：山城達雄「遠来の客」
第16回（1990年）応募作19編
後田多八生「あなたが捨てた島」
第17回（1991年）応募作14編
受賞作なし
佳作：うらしま黎「闇の彼方へ」／我如古驟二「耳切り坊主の唄」
第18回（1992年）応募作19編
玉木一兵「母の死化粧」
第19回（1993年）応募作16編
清原つる代「蝉ハイツ」
佳作：金城尚子「コーラルアイランドの夏」

第20回（1994年）応募作25編
知念節子「最後の夏」
佳作：前田よし子「風の色」
第21回（1995年）応募作12編
受賞作なし
佳作：崎山麻夫「桜」／加勢俊夫「ジグソー・パズル」
第22回（1996年）応募作16編
崎山麻夫「闇の向こうへ」
加勢俊夫「ロイ洋服店」
第23回（1997年）応募作11編
受賞作なし
佳作：国吉高史「憧れ」／大城新栄「洗骨」
第24回（1998年）応募作11編
山城達雄「窪森」
第25回（1999年）応募作16編
竹本真雄「燠火」
佳作：鈴木次郎「島の眺め」
第26回（2000年）応募作16編
受賞作なし
佳作：美里敏則「ツル婆さんの場合」／花輪真衣「墓」
第27回（2001年）応募作27編
真久田正「鱬鯤」
佳作：伊礼和子「訣別」
第28回（2002年）応募作21編
金城真悠「千年蒼茫」
佳作：河合民子「清明」
第29回（2003年）応募作18編
玉代勢章「母、狂う」
佳作：比嘉野枝「迷路」
第30回（2004年）応募作33編
赫星十四三「アイスバー・ガール」
佳作：樹乃タルオ「淵《クムイ》」

第31回（2005年）　応募作23編
月之浜太郎「梅干駅から枇杷駅まで」
　佳作：もりおみずき「郵便馬車の馭者だった」
第32回（2006年）　応募作20編
上原利彦「黄金色の痣」
第33回（2007年）　応募作27編
国梓としひで「爆音、轟く」
松原栄「無言電話」
第34回（2008年）　応募作28編
美里敏則「ペダルを踏み込んで」
森田たもつ「蓬莱の彼方」
第35回（2009年）　応募作19編
大嶺邦雄「ハル道のスージグァにはいって」
富山洋子「フラミンゴのピンクの羽」
第36回（2010年）　応募作24編
崎浜慎「始まり」

　佳作：ヨシハラ小町「カナ」
第37回（2011年）　応募作28編
伊波雅子「オムツ党、走る」
　佳作：當山清政「メランコリア」
第38回（2012年）　応募作20編
伊礼英貴「期間工ブルース」
　佳作：平岡禎之「家族になる時間」
第39回（2013年）　応募作33編
佐藤モニカ「ミツコさん」
　佳作：橋本真樹「サンタは雪降る島に住まう」
第40回（2014年）　応募作13編
松田良孝「インターフォン」
　佳作：儀保佑輔「断絶の音楽」
第41回（2015年）　応募作21編
長嶺幸子「父の手作りの小箱」
黒ひょう「バッドデイ」

第42回（2016年）　応募作24編

梓弓「カラハーイ」

第43回（2017年）　応募作33編

儀保佑輔「Summer vacation」

佳作：仲間小桜「アダンの茂みを抜けて」

儀保　佑輔（ぎぼ・ゆうすけ）

1986年浦添市生まれ、同市在住。
塾講師。
「断絶の音楽」で第40回（2014年）新沖縄文学賞佳作、15年「ピッチング」で第31回日大文芸大賞、17年「Summer Vacation」で第43回新沖縄文学賞、同年「亜里沙は水を纏って」で第16回江古田文学賞を受賞。
2017年上半期には沖縄タイムス文化面「唐獅子」執筆者として13編のエッセーを寄稿。

Summary Vacation　　　　タイムス文芸叢書008

2018年2月7日　第1刷発行

著　者　儀保 佑輔
発行者　豊平 良孝
発行所　沖縄タイムス社
〒900-8678 沖縄県那覇市久茂地2-2-2
出版部　098-860-3591
www.okinawatimes.co.jp
印刷所　文進印刷

ISBN978-4-87127-250-6　　Printed in Japan